KEY·可以文化

UPOWIADANIA

Olga Tokarczuk

怪诞故事集

[波兰]
奥尔加·托卡尔丘克

李怡楠
译

著

BIZARNE

浙江文艺出版社
Zhejiang Literature & Art Publishing House

怪诞中的温情关怀,碎片中的宏大想象

——译者序

2019 年 10 月 10 日,瑞典学院宣布,将 2018 年诺贝尔文学奖授予波兰女作家奥尔加·托卡尔丘克(Olga Tokarczuk)。彼时,作家正在前往德国北莱茵威斯特法伦州比勒费尔德的车上,计划去那里出席《雅各布之书》(*Księgi Jakubowe*)德语译本的发布和推广活动。"当时我正在高速公路上,有个电话打了过来,是瑞典的号码! 心一下子就提到了嗓子眼儿,果然是!"奥尔加对波兰媒体说,没想到会获得诺奖,一直都觉得自己还太年轻,"大概是最年轻的获奖人之一"。但笔者作为一名从事波兰文学翻译研究,并长期关注托卡尔丘克的中国学者,对这一即刻引爆"朋友圈"的消息倍感欣喜,反倒是并不意外。

奥尔加·托卡尔丘克饮誉波兰文坛多年，在波兰文学界的地位举足轻重，曾两度荣获波兰最高文学奖——尼刻文学奖（Nagroda Literacka Nike），四次获得尼刻文学奖最受读者欢迎奖。2018 年，作家凭借长篇小说《云游》（Bieguni）获得当代英语小说界的最高奖项，也是世界文坛影响最大的文学大奖之一的布克国际奖，又一次获得国际文坛的高度关注。托卡尔丘克作品风格多变，体裁多样，题材广泛，已经被译为英语、法语、德语、中文、西班牙语、捷克语、克罗地亚语、丹麦语等多种语言出版，深受全世界读者的喜爱。

托卡尔丘克 1962 年出生在波兰西部绿山城附近的苏莱霍夫，1985 年毕业于华沙大学心理学系。早在十几岁的时候，托卡尔丘克就对写作产生了浓厚兴趣。1989 年，她以诗集《镜子里的城市》初登文坛。四年后，小说《书中人物旅行记》为托卡尔丘克赢得了波兰科西切尔斯基基金文学奖，让她一跃成为波兰文坛备受瞩目的作家。此后，她陆续创作了《E.E.》《太古和其他的时间》《世界坟墓中的安娜·尹》《白天的房子，夜晚的房子》等近 20 部作品。

1996 年，《太古和其他的时间》一经出版即大获成功，波兰文学界誉之为"波兰当今神秘主义小说的巅峰之作"，托卡尔丘克因此斩获 1997 年波兰"政治护照奖"（文学类）。波兰著名作家、文学评论家、文学史家耶日·索斯诺夫斯基（Jerzy Sosnowski）评价这部作品称："托卡尔丘克从真实历史的碎片中构架出了一个神话，那是一段包含着秩序的历史，所有的事件，包括那些悲伤的、邪恶的，都有着自己的理由。作家搭建起了一个类似曼陀罗的空间，一种方中有圆、完美丰腴的几何想象。"

1998 年出版的小说《白天的房子，夜晚的房子》更像是一个文本混合体，包括许多不同的情节、相互关联的故事、散文式的笔记和私人日记等等。这些故事看似毫无关联，缺乏整体性和统一性，但集合起来却产生了奇异的效果。可以说，这部作品是作家碎片化叙事方式的首次集中体现，作家借此作进入当年国际 IMPAC 都柏林文学奖入围名单。事实上，1997 年出版的《衣柜》（Szafa）和 2001 年出版的《鼓声齐鸣》（Gra na wielu bębenkach）都是短篇故事的杰作。2004 年，作家又发表了《最后的故事》，由此短篇小说逐渐成为作家较为偏爱的创作形式。托卡尔丘克曾在接受采访时表示："短篇小说这种文学形式对作家的要求很高——需要高度的专注，以及创造'金句妙语'的能力。我总是告诉自己，长篇小说应当引导读者进入一种恍惚状态，而短篇则应该让人体验一次微妙又不可言喻的启蒙之旅，并给予我们洞察力。"

2006 年，小说《世界坟墓中的安娜·尹》问世，托卡尔丘克在这部作品中将自己天马行空的想象力表现得淋漓尽致，评论家普热梅斯瓦夫·恰普林斯基（Przemysław Czapliński）评称：
"通过一本书创造了一个流派，一种文学语言，一套叙述方式。"

　　继 2007 年出版的《云游》为托氏带来一系列国际声誉之后，作家创作了一系列以探寻人性为底色，描写富有戏剧性和恒久价值的普通社会生活的作品。《犁过亡者的尸骨》（2009年）关注社会教育问题——"动物是权力链中最孱弱、最受暴力迫害的环节，对它们的保护是反抗父权制度的标志。"散文集《熊的时刻》（2012 年）探讨人体、性、性别的纠缠和暗室的诱惑。史诗小说《雅各布之书》（2014 年）以史喻今，探讨对于二十一世纪波兰同样重要且具有现实意义的相关问题，该作品也为托卡尔丘克二度赢得了尼刻文学奖。

　　托卡尔丘克的诺奖获奖演说题为《温柔的讲述者》，单看这个题目，它就可谓是托氏对自己创作特色的一个极佳概括。托卡尔丘克是一个善讲故事的作家，她笔下的故事娓娓道来，读之如沐春风，读者常常不由自主地叹服于作家驰骋的想象力、大开的脑洞。每当读罢掩卷，除了继续击节赞叹，更会引人深思，被作家对大千世界、宇宙万物和渺小人类满溢柔情又不失敏锐的关怀所打动。

　　托卡尔丘克截至目前最新的一部作品《怪诞故事集》

（*Opowiadania bizarne*）是上述创作特色的又一范本，更将读罢猝然而至的惊悚带给读者。这本书已为她赢得了 2019 年度尼刻文学奖提名。书名中"bizarne"一词来源于法语"bizarre"，意为"奇怪的、多变的、可笑的、超乎寻常的"。虽然这个词被翻译为"怪诞"，但其实它的意涵十分丰富，既可以用来形容人类，亦可用以描述世界。作者通过情节出乎意料、结局令人咂舌的十部短篇小说，从不同角度审视现实生活，以博大开阔的视野引发读者陷入沉思，深刻直面各种没有标准答案的问题，如同打开了一扇通往奇妙世界的惊讶之门。作者在试着用这部作品证明，在这个瞬息万变的时代，现实总是在超越我们的认识能力，无穷的未知让我们孜孜以求，也令我们被惊出一身冷汗。

托卡尔丘克的创作，充满了对神秘和未知的勇敢探索。开篇故事《旅客》着力探讨人与未知世界的关系，故事主人公对恐惧的童年记忆与成年后的无所畏惧反复交锋，却无法找到对这种神秘关系的解释。作者给出的答案开放而模糊："你所看到的人，并不会因你看到而存在；他存在着，是因为他在看着你。"《接缝》继续对这个问题进行思考。年老的 B 先生在妻子去世之后发现了一系列古怪现象，本该横在脚头的袜子接缝变成了竖直一条，本该是蓝色、黑色的圆珠笔写出了棕色的文字，本该是方形的邮票变成了圆形……完全迷失的 B 先生开始思考，世界怎会变化得如此之快,快到我们根本无法掌握。当一个人失去了对已知的、拥有安全感的事物的掌控时,他似乎就开始渐渐地失去了心理上的平衡。时间无情地流逝,随之而来的是不可避免的病痛与衰弱。需要思考的是,当我们跨过了"衰老"线的时候,等待我们的会是什么? 这种反思,也许苦涩,也许恐怖,但也很客观并充满现实意义。

小说中各个故事的背景设定在了不同的时空。《绿孩子》将我们带回瑞典大洪水时代的沃伦,《万圣山》的故事发生在现代社会的瑞士,《心脏》的主人公踏上了遥远的亚洲大陆,《罐头》中的"他"则留在了一座普通的波兰民宅之中。这几篇小说的情节堪称诡异、离奇,结局令人无从猜度,可谓托卡尔丘克神秘主义创作的集中展现。"他"的母亲死了,留下了形形色色的罐头,有美味的"斯塔霞夫人腌黄瓜",也有令人作呕的"西红柿汁泡海绵"。"他"一边享用着母亲留下的口粮,一边回忆着自己无所作为的一生带给母亲的拖累。最后,一瓶"魔菇"罐头令他一命呜呼,这究竟是母亲对他的报复,还是命运无情的捉弄?

波兰人 M 先生在中国接受了心脏移植术后,看待现实社会的眼光发生了变化,思考方式相比从前有了很大不同。他常常注意到身边事物的鲜活生命力与强烈色彩,这使得他开始怀疑自己在以器官原主人的视角观察周遭。他难以克服有关身份认同的心理障碍，为寻找这个令他困扰已久的问题的答案，和妻子一道踏上了前往中国的旅程。因为蹩脚的翻译，佛寺的僧侣和 M 先生之间的交流很难顺畅，这是否在隐喻两种文明的冲突、两个世界的碰撞？不知所云的对话和没有结局的结局，如同中国画的留白，将思考的空间留给了每一位读者。

《万圣山》的主人公应邀在瑞士苏黎世城郊的山上开展一项神秘的实验项目，对象是一群十几岁的少年，实验目的却从头至尾都没有揭晓。在一次次与当地修女的交谈中，主人公了解了有关圣体的故事，继而发现了隐藏在圣体与这些少年以及神秘实验之间细思极恐的关联……"绿孩子"们从出现到消失都透着蹊跷，他们头顶"波兰麻辫"，衣衫褴褛，像极了受惊的小兽。他们发出动物般的叫声，身上的皮肤泛着植物的那种绿光，他们原本所生活的森林与现实世界大相径庭。两个"绿孩子"被国王的侍从从森林里抓了回来，一个离奇死去，接着另一个也离奇地消失了，给当地人留下无穷无尽的疑问。不难看出，托卡尔丘克在小说中构筑的未知世界不受人类理性思维的束缚，体现出作者对神秘且超出人类理智接受范围事物的关注和向往。

托卡尔丘克的创作总是多维度的，她很少在一篇小说中只谈一个问题。在《绿孩子》里，她思考战争对人类精神的影响：

"战争是一种可怕的现象，即使它没发生在人们居住的地区，其力量却仍然到处散播，使得上无片瓦的人们忍饥挨饿、遭受病痛，恐慌四处蔓延。人的心肠变得坚硬、冷漠，思维方式亦随之变化——每个人都只在乎自己，只关心如何独善其身。人们变得冷酷无情，对他人的苦痛毫不在意。"同时，她还通过绿孩子们所讲述的奇妙世界，探讨人与自然的关系："那片土地上的人们在树上生活，晚上在树洞里睡觉。月亮升起来的时候，他们会爬到树顶，把裸露的身体晾在月光下，所以他们的皮肤变成了绿色。因为有月光照耀，他们不需要吃太多东西，树林里的浆果、蘑菇和坚果就够了……有时候，当他们爬上那棵最高的树，他们能模模糊糊看到我们的世界，看到被烧毁的村庄冒出的烟，闻到尸体焚烧后刺鼻的气味。那时他们就会迅速躲到树叶里，不想让这样的景象污浊了眼睛，也不想让这样的气味污浊了鼻子。我们世界的光怪陆离，让他们嫌弃又恶心。"很显然，绿孩子们生活的世界，那个与世无争、人与自然相互滋养的世界，正是作家所向往的世界，而现实世界在作家的眼中"是海市蜃楼……是噩梦般的存在"。

托卡尔丘克的自然观还体现在她常常思考人与动物该如何相处。在《变形中心》里，女主人公的姐姐为了把自己变成一头狼，去了一家现代化的变形中心。那里的富人"关注自己和自己的身体，从出生起就很完美，几乎每一个细节都经过了精心设计。他们很聪明，对自己的优势很清楚"，而他们之外的世界就是野蛮世界。那么，进行变形手术是不是只需要巨大的勇气？人与动物究竟能否分出优劣？姐姐的选择又能否用是或非简单判断？事实上，作家一直反对用"人和动物"来描述生物界，倡导将世界分为"人类"和"非人类"。她甚至提出应将动物的权益写入宪法，提倡人与动物的和谐共存。

托卡尔丘克将动物和大自然的本质以及人类本真，放置在一个超越现实生活的科幻世界中探讨，许多故事都在新的科学理论的启发下，在新的知识环境中重构。无论用孵化器生产肉类产品的变形中心，还是《拜访》中"爱工"家族的花园别墅，都充满着科幻大片般的后现代气息。作家独具匠心地在《拜访》中创造了"爱工"这一极度自恋的形象，他们是机器人？又或者是一种比人类智慧所能想象到的物种更为先进的存在？他们通常以二、三、四甚至更多的数量存在于一个家庭之中，每一个"爱工"不仅性别相同，长相、特征也都一模一样。他们对自己和自己家庭的生理、心理状态都毫无保留地接受，甚至自我崇拜。

《人类的节日年历》亦如此，在一个塑料被人造细菌吞噬、金属重新成为主要日用材料的年代，"天降"的莫诺迪克斯代表了人类长久以来对永生的渴望和追求，人们在莫诺迪克斯的身上，似乎又看到了一种形而上的宗教的影子。每一年的"死亡"过后，莫诺迪克斯都会如期"复活"，从而拯救即将陷入黑暗的世界。而在这从死至生的循环往复中，读者却看到了托卡尔丘克想要讲述的人性的残酷、善与恶的交锋、生与死的边界。

托卡尔丘克一直致力于探讨处于飞速发展之中的、光怪陆离的世界里人类对自我身份的认知问题。在作家看来："文学是为数不多的使我们关注世界具体情形的领域之一，因为从本质上讲，它始终是'心理的'。它重视人物的内在关系和动机，揭示其他人以任何其他方式都无法获得的经历，激发读者对其行为的心理学解读。只有文学才能使我们深入探知另一个人的生活，理解他的观点，分享他的感受，体验他的命运。"①《真实的故事》正是用一种不同寻常的方式向读者展示人的身份究竟是什么。在荷兰的地铁站台，一个摔倒在石阶上的女人头破血流，却没有引起人们的过多关注。唯一一位伸出援手的外国教授，却被警察误认为是杀人凶手。他试图自证身份的种种努力徒劳无功，用一种啼笑皆非的方式，愤怒地诉说着一个无力的事实：人类通过自我身份认知所勾勒出的正义感虚无缥缈，是

---

① 托卡尔丘克诺贝尔文学奖受奖演讲《温柔的讲述者》。——本书脚注如无特别说明，均为译者注

一种随时可能消失的存在。

初读《怪诞故事集》，读者往往觉得这十篇小说之间毫无关联，碎片化的叙事着实令人摸不着头脑，故事情节甚至有些"无厘头"。然而，托卡尔丘克值得每个读者细读，不同读者在不同时空下的阅读会产生层次丰富的阅读体验。这些奇异故事，汇集独特观点，审视周遭现实。透过这些神秘故事，读者也能体会到作者本人对宏大世界的认识在不断演进。托卡尔丘克非常准确地捕捉到了当今时代的特征：过往权威势衰，乱象丛生，新现象的数量和发展速度远远超出我们的想象。在这样一个匆忙的世界之中，个体的寂寞，怪诞又异常真实。

托卡尔丘克在《怪诞故事集》中对构建新词的大胆试验、对宗教精神的深刻隐喻、对未来世界的宏大勾勒和对人类生存空间的犀利质疑，以一种难以复制的、充满文学兴味的惊悚幽默片的形式，呈现在读者眼中，引导我们去思考和探索托氏所创造的那个陌生、新奇而又不可预见的本体怪诞世界。正如作家在获奖演说中提到的："我很高兴文学出色地保留了所有怪诞、幻想、挑衅、滑稽和疯狂的权利。我梦想着高屋建瓴的观点和远远超出我们预期的广阔视野。我梦想着有一种语言，能够表达最模糊的直觉。我梦想着有一种隐喻，能够超越文化的差异。

我梦想着有一种流派，能够变得宽阔且具有突破性，同时又能得到读者的喜爱。"笔者以为，《怪诞故事集》就是这样一部实现了托卡尔丘克文学梦想的优秀作品。

李怡楠

2020 年 4 月 20 日

于北京外国语大学

目录

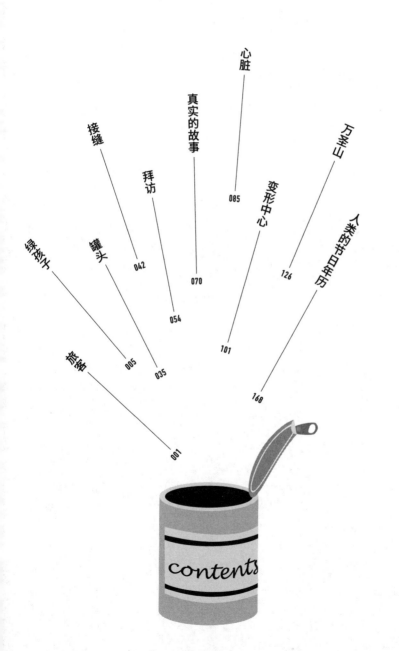

contents

旅　客

　　在一次越洋长途旅行的夜航航班上，我身边坐着一个人，他向我讲述了幼年时期的恐惧经历。那种恐惧就像夜夜反复出现的梦魇，令他惊慌失措。每一次，他都大叫着，呼唤着双亲。

　　那种恐惧总是在漫漫长夜里出现——幽静，昏暗，没有电视屏幕的荧光（最多能听到广播嘶嘶啦啦的杂音和父亲翻阅报纸的沙沙声）。这样的深夜，总让人产生稀奇古怪的想法。这个人记得，他从夜幕降临的傍晚就开始害怕，父母即使尽力安抚也没有用。

　　那时候他大约三四岁，同父母住在城郊一栋昏暗的房子里。父亲是一名严格，甚至有些苛刻的小学校长。母亲在药店工作，身上永远散发着挥之不去的药水味。他还有一个姐姐，正是这个姐姐,从不像父母一样安抚他。恰恰相反,她总是用一种无法理解的、毫不掩饰的、快乐的语气,从中午就开始对他说,夜晚就要来啦就要来啦。没有大人在场的时候,她还会给他讲关于吸血鬼、墓穴里的尸体以及其他各种恐怖东西的故事。

奇怪的是,姐姐的故事从未让他觉得害怕——他对那些人们普遍认为可怕的东西并不害怕,它们根本吓不到他,就好像他内心关于恐惧的位置已经被某种东西占据了,再没有什么别的东西能引发他的恐惧。听着姐姐用那略带兴奋又虚张声势的音调吓唬他,他麻木地想,这跟那个每天晚上躺在床上都能看到的恐怖形象相比,又算得了什么啊!他应该在成年后感谢姐姐,正是那些故事给予了他对付普通恐怖事物的免疫力,也在某种意义上让他成为一个无所畏惧的人。

恐惧的原因难以言喻。每当父母跑进他的房间,问他怎么了,梦到什么了,他只能说出"他",或者"有个人",又或者"那个人"。爸爸这时总会打开灯,用那种过来人的令人信服的语气,指着柜子后面的角落,或者房门旁边的位置,说道:"你看,这儿什么都没有,什么都没有。"而妈妈的做法有所不同,她总是把他搂在怀里,用那股充满防腐剂味道的药店气息包裹住他,轻轻地对他说:"我总是和你在一起的,什么坏事儿都不会发生。"

其实那会儿他还太年幼,不会被"恶"吓到。事实上,他还不懂得"善"与"恶"。他岁数太小,也不会担忧自己的生活。总有些事比死还可怕,比吸血鬼吸血、狼人发狂更可怕。但是孩子最清楚:单是死亡尚可承受,最可怕的是那些反复出现、不变的、猜得到的、杂乱无序的东西,那些我们对此无能为力的、相互撕扯着的东西。

所以,那个时候,他在自己的房间里,看到在柜子和窗户之间,有一个灰暗的人影。这个人站在那儿,一动不动。在灰暗的影子里——那儿一定是他的脸——闪烁着一个小红点——那是燃着的香烟尾端。每当他吸一口烟,那张脸就在暗影中随着亮光显现。他用那双疲惫无神的眼睛,不停地打量还是个孩子的他,带着一点儿不满。他的脸上,长满了茂密的花白胡须,还有深深的皱纹。薄薄的嘴唇,天生就是用来吞云吐雾的。他就这么站在那里,一动不动。吓得这个孩子高速重复着每日例行动作——把头埋进枕头,双手紧紧抓住金属床栏,无声地念着奶奶教给他的祷词向守护天使祈祷,然而这一切都不管用。然后,祈祷变成了叫喊,父母跑了进来。这种情况持续了相当长的一段时间,以至于孩子失去了对夜晚的信任。然而,随着月落日升,黑暗总被光明成功地驱散。孩子渐渐长大,忘记了这一切。白昼越来越强大,带来越来越多的意外惊喜。父母松了一口气,很快就忘记了儿子童年的恐惧。他们安静地老去。每年春天给所有房间通风。这个人从少年成长为一个男人,逐渐认为儿时的一切都不值一提。他记忆中的黄昏和黑夜,渐渐被清晨和正午取代。

直到最近——他是这么对我说的——当他不知不觉地就过了 60 岁,有一天疲惫地回到家里,突然发现了真相。入睡前,他想要抽根烟,于是站在窗前,窗外的黑暗使得窗户暂时变成了一面镜子。火柴的光芒,短暂地打破了这黑暗,然后香烟的光芒,突然照亮了某人的脸。昏暗之中,那个同样的形象不断闪现——苍白而高耸的额头,灰暗的眼珠,嘴唇上深刻的唇纹,和花白的胡须。他立刻认出了他,从未改变过。童年的习惯立即奏效,他已经吸了一口气,准备大叫,可是,他不知道还能叫谁。父母早已过世。他现在孤身一人,儿时对抗恐惧的仪式已经没有用了,很久以前他就不相信守护天使了。那一刻,他终于明白,他一直害怕的人是谁。那一刻,他感到了真正的轻松。父母自有他们的道理——外部世界其实是安全的。

"你所看到的人,并不会因你看到而存在;他存在着,是因为他在看着你。"在这个奇怪的故事的结尾,他这样告诉我。然后,我们都随着飞机引擎的低声轰鸣,进入了梦乡。

绿孩子

——扬·卡齐米日国王的医生
威廉·戴维森在沃伦的奇遇

　　故事发生在 1656 年的春夏之际，那是我旅居波兰的又一年。几年前，我在玛利亚·路德维嘉·贡扎加的邀请下来到了这里。玛利亚是波兰国王扬·卡齐米日的妻子，她请我来给国王当御医，并打理王宫花园。我无法拒绝这个邀请，一方面是因为请我的人身份显赫，另一方面也有我的个人原因，不过没必要在这里讲。刚到波兰的时候，我感觉不太自在。对这个遥远的国家，我一无所知，而且我一向自诩为离经叛道之人，从不按常理出牌。陌生的习俗和东、北方人民的简单粗暴，特别是这里寒冷潮湿的天气都令我害怕。我还记得我的朋友内·笛卡尔的事。几年前，他受瑞典女王邀请，去了那遥远北方的斯德哥尔摩的寒冷宫殿,结果因为感冒死掉了。他那时正当盛年,应该是思想力最旺盛的时候。这对科学界是多么大的损失啊!因为担心类似遭遇,我从法国带来了几件最好的皮草。但我在第一个冬天就发现它们都太轻薄了,根本无法对付这里的天气。好在国王很快和我成了朋友,送了一件长及脚踝的狼皮大氅给我。从十月到次年四月,这件衣服我就没离过身。在我要讲述的这次旅行中,尽管那时已是三月,我还穿着它。读者朋友,请您记住,波兰的冬季,就像所有北方的冬季一样,无比严寒——想象一下您沿着冰封的波罗的海去瑞典,很多冰冻的池塘和河面上正在举行集市狂欢。而且由于寒冷季节在这里持续很长时间,植物都躲在了雪底下。说实话,植物学家没有什么时间段来开展研究。因此,在这里无论我想还是不想,都主要负责给人看病。

我叫威廉·戴维森,是苏格兰人,来自阿伯丁。但我在法国生活了很多年,在那里皇家植物学家的工作令我的事业达到了顶峰,我还在那里发表了自己的著作。虽然在波兰几乎没人了解这些,但我还是受到了重视,因为只要是从法国来的人,在这儿都会受到尊敬。

是什么促使我跟随笛卡尔的足迹,来到这欧洲的边缘地带?这问题很难有一个简短而具体的答案。而且,我要讲的这

个故事与我本人无关,我只是一个见证者,所以我决定不回答
这个问题。相信每个读者都对故事本身更感兴趣,而不是讲故
事的人。

在我为波兰国王服务的那段时间里,波兰经历了一长串不
好的事情,就跟所有坏运气都商量好了似的。这个国家战乱频
仍,被瑞典军队扫荡一空,东部又遭莫斯科屡次进犯。不满的农
民早早地在罗斯起义。这个倒霉国家的国王,在某种祸不单行
的神秘力量支配下,同自己饱受侵袭的国家一样,疾病缠身。他
经常用葡萄酒和女色来治疗忧郁症,自我矛盾的天性驱使他外
出旅行。尽管他总是说自己讨厌运动并且想念华沙,那里有他
心爱的妻子玛利亚·路德维嘉在等他。

我们的队伍自北方出发。之前,国王陛下拜访了那儿的掌
权者,试图与他们结盟。莫斯科的军队已经去过了那里,企图对
波兰共和国施加影响。再考虑到西边的瑞典人,似乎所有黑暗
势力都集结了起来,选择波兰作为杀戮的战场。这是我第一次
来到这个荒僻的国家,所以当我们离开华沙郊区的时候,我就
开始后悔了。不过,哲学家和植物学家的好奇心(以及——无
须掩饰的——高官厚禄)推动着我前行的脚步,否则,我宁愿待
在家里,安静地做研究。

即使在这样的困难条件下,我也努力开展科研工作。自从

来到这个国家,我就对当地的一种现象很感兴趣。世人虽然对此有所耳闻,但这种现象在这里极为普遍。只要穿过华沙那些贫穷的街道,在人们的头上就能看到它——plica polonica,这里的人称之为"波兰麻辫":把缠绕在一起的卷发编成各种形状,比如簇状、团状,或者类似于海狸尾巴的辫子。人们认为"波兰麻辫"充满了或好或坏的力量,长这种头发的人宁死也不肯放弃这种发型。我已惯于素描,所以画了很多反映这现象的画,还加了文字说明,打算返回法国后,发表有关这个现象的作品。欧洲各国对这个现象的称呼各不相同。在法国这种发型最为少见,因为那里的人们非常注重自己的外表,总是给头发打卷。在德国,"波兰麻辫"叫作 mahrenlocke、alpzopf 或 drutenzopf①。在丹麦,我知道它被称为 marenlok,在威尔士和英格兰被称为精灵结。有一次穿越下萨克森州时,我听说他们把这种头发叫作 selkensteert。在苏格兰,人们认为这是生活在欧洲的异教徒的古老发型,在德鲁伊部落中很常见。我还读到过,起初"波兰麻辫"在欧洲被认为是莱谢克二世执政时期,鞑靼人进犯波兰时带来的,也有人猜测这种时尚来自印度。我甚至想到,是希伯来人首先引入了将头发缠结在毡莱中的习惯。据说有一位非常虔诚的

---

① 德语,分别为卷发、高山辫、荷兰辫的意思。后文的 marenlok 与 selkensteert 也均为波兰麻辫的近义词。

男人，他发誓为了上帝永不剪发。众多相互矛盾的理论和漫无边际的知识空白，令我先是陷入了思想呆滞，最终又燃起了创作兴致。我在经过每个村庄的时候，都会研究"波兰麻辫"现象。

我的工作有年轻的雷切沃尔斯基帮忙，他是个才华横溢的男孩，不仅是我的管家和翻译，还帮助我开展研究，而且——没什么可隐瞒的——他在这个陌生环境中给了我精神上的支持。

我们骑马旅行。三月的天气仍像冬天一般寒冷，但又有了些早春的味道。道路上的泥土时而结冰时而融化，淤积出可怕的泥泞，真正的沼泽，行李车车轮老是陷在里边。苦寒让我们把皮草裹在身上，像个厚重的皮毛垛子。

在这片荒芜的泥泞之地，居住在森林里的人群通常彼此相距遥远，因此我们不得不随便找一个破旧庄园过夜。有一次我们甚至在大车店里住了一晚，因为降雪拖慢了我们的旅程！当时国王陛下隐姓埋名，假扮成一名普通乡绅。停脚的时候，我给国王用药，我带了一整箱药。有时我还在临时搭起的床铺上给他放血，并且在任何可能的地方为他盐浴。

在国王罹患的所有疾病中，危害最大的一种是他从意大利或法国宫廷带回来的。这种病没有明显症状，很容易被忽视（至少在初发时如此），但它的后果却非常危险，有时能进入人的大脑，让人意识混乱。所以，我甫一抵达王宫，就要求用水银

为国王治疗，每周日一次，连续三周。可是陛下永远找不到时间
接受治疗，旅行期间治疗效果就更差了。在国王的其他疾病中，
我还比较忧心他的痛风，不过这病更容易预防。因为这是由过
量饮食引起的，只要忌口就可以了。不过旅行时忌口也很难做
到。所以，我实在没能为国王陛下做什么。

国王朝着利沃夫行进，一路与当地的一些贵族会面，寻求
他们的支持，并提醒他们是他的臣民。可是这些贵族的忠诚度
实在值得怀疑，因为这取决于他们自己的利益，而不是共和国
的利益。虽然他们对我们毕恭毕敬，款待颇为周到，可我还是觉
得，他们中的一部分人把国王当成了一名寻求支持的访客。也
是，在这个国家，统治者是通过投票选出来的！谁见过这样的
国家？

战争是一种可怕的现象，即使它没发生在人们居住的地
区，其力量却仍然到处散播，使得上无片瓦的人们忍饥挨饿、遭
受病痛，恐慌四处蔓延。人的心肠变得坚硬、冷漠，思维方式亦
随之变化——每个人都只在乎自己，只关心如何独善其身。人
们变得冷酷无情，对他人的苦痛毫不在意。从北方到利沃夫的
路上，我看到了很多人为非作歹，很多暴行、强奸、谋杀，还有令
人难以置信的野蛮行径。村庄被烧毁，田地被践踏成荒原。绞
刑架随处可见，仿佛木工的存在就是为了制造杀人和犯罪的工

具。遍野横尸,被野狼和狐狸撕咬。这里只有火与剑。我想把这一切遗忘,但是直到现在,当我回到祖国并写下这些文字的时候,眼前仍然浮动着这些画面,难以忘怀。

远方传来的消息越来越糟。二月,查尔涅茨基指挥官率领的军队在戈翁布战役中败给了瑞典人。这对国王的健康造成了沉重打击,以至于我们不得不停歇两天,好让国王喝矿泉水和药汤恢复些许体力。共和国的沉疴似乎都反映在了国王身上,就好像他和它之间有种神秘关联。战败后,甚至在报信的文书到达之前,国王的痛风就发作了,同时还有我们几乎无法控制的高烧和剧痛。

在离乌茨克还有两天路程的时候,我们经过了卢别舒夫,看到了几年前被鞑靼人烧毁的土地。当我们穿越茂密而潮湿的森林,我意识到这世界上没有比这儿更可怕的土地了。我开始后悔参加这趟旅行,觉得自己肯定回不去了。这里处处泥泞不堪,到处是潮湿的森林和低矮的天空,薄冰覆盖的土坑就像是躺在地上的巨人的可怖伤口。在这样的环境里,我们每个人,无论衣着褴褛还是华贵,无论是国王、地主、士兵还是农民,都显得微不足道。我们看到了被战火啃噬过的教堂,野蛮的鞑靼人把这里的村民关在这儿活活烧死。我们还看到了如林的绞刑架和焦黑的人畜尸体。直到那时,我才完全理解了国王前往利沃夫的想法。这是一段凄惨的日子,外来势力令共和国分崩离析,国王希望自己的国家受到这里最受尊敬、最负盛名的基督之母圣母玛利亚的庇护,恳求她向上帝祈祷,庇佑自己的国家。起初我对这种对圣母的格外尊崇感到奇怪。我常常以为他们这里崇拜的是一位异教女神——但愿我不会因此被认为是亵渎神灵——只有上帝和他的儿子才会谦卑地为圣母玛利亚托着缎带。这里的每一座圣母教堂都受到了供奉,所以我也见惯了她的形象,以至于自己也会在夜晚向她祈祷。那时我们夜宿教堂,又冷又饿,我就在心里偷偷地想,她才是这个国家的统治者。而在我们那儿,统治者是耶稣基督。这里真的什么都没有了,只能把自己全然交付给至高无上的外力。

那天,国王的痛风发作,我们住进了乌茨克庄园管家哈伊达莫维奇先生的住所。那是一栋木制庄园,建在沼泽地中干燥的一角上,周围还住着伐木工人和为数不多的农民、仆人。国王陛下没有吃晚饭就立即上床休息了,但他无法入睡,所以我不得不用自制的混合药物为他催眠。

第二天早晨阳光明媚。为节省时间,尽快开启下一段漫长旅程,天刚破晓,国王卫队的几名士兵就急忙进灌木丛去打猎了。我们期待着能打到一只小鹿或一群野鸡,可我们的猎人们却带来了非同一般的猎物,以至于大家无一例外地感到震惊。

包括睡过了头的国王,他在看到猎物后立刻就清醒了。

那是两个孩子,又小又瘦,衣着破烂,甚至比破烂还要不堪,就是一块粗织帆布,已经磨破,沾满了泥。他们的头发像麻绳一样缠在一起,正是我研究的"波兰麻辫",这头发就是最好的样板。孩子们像鹿一样被绑在马鞍上——我真怕他们受伤,怕他们那脆弱的小骨头被弄折了。士兵解释说,没其他办法,因为他们又踢又咬。

当国王吃完早餐,接着喝能改善心情的草药汤时,我出去找那些孩子。我让他们先洗了脸,然后仔细看了看。不过我一直很小心,避免被他们咬到。从身高来看,他们大约一个四岁、一个六岁,但是观察他们的牙齿,我觉得他们虽然个头不大,年龄却不小了。女孩儿更高,也更壮些,男孩儿却又瘦又小,不过倒是活泼好动。最让我吃惊的是他们的皮肤,有一种我在任何地方都没见过的类似豌豆或意大利橄榄的绿色。浅色的头发乱糟糟地缠在一起,糊在脸上,搞得他们的脑袋像长满了苔藓的石头。年轻的雷切沃尔斯基告诉我,这些"绿孩子",我们立刻给他们起了这个名儿,可能是战争的受害者。他们在大森林中觅食,就像我们在关于罗穆路斯、雷穆斯的故事中听到的那样。大自然天大地大,比人类的可怜一隅强大得多。

我们从莫吉廖夫出发穿越草原,在地平线上看到一座又一座被战火焚烧的村庄冒着烟,迅速地消失在森林之中。国王问我,自然是什么。我按着自己的理解回答:自然是人类之外,就是我们自己和我们创造的其他事物之外,我们周围的一切。国王眨了眨眼,好像想要亲眼看看,不过我也不知道他看到了些什么,然后他说:

"那就是巨大的虚无。"

我想,这就是那些生长于宫廷的人们眼中的世界。他们看惯了威尼斯式的织物花纹、土耳其式的双面织花毯,还有瓷砖和马赛克上的拼图。当他们的目光转向复杂的大自然时,看到的只有混乱和这所谓的巨大的虚无。

每次烈火焚烧,大自然都有机会把当初人类从它那里获取的东西夺回来,并大胆地将手伸向人类,试图使他们恢复到自然状态。但是看着这些孩子,我们会怀疑大自然中是否还存在天堂,可能只剩下地狱了吧。他们是如此的消瘦,未经驯化。国王陛下对他们格外感兴趣——他下令让他们坐进行李车,把他们带到利沃夫,并在那里接受彻底检查。但最终他放弃了这个想法,因为情势突变。国王的脚趾肿了起来,连鞋都穿不上。他被剧痛折磨——我看到了他脸上越来越多的汗水。听到这个伟大国家的统治者开始哀号,我吓得不寒而栗。出发是不可能了。我让国王躺在火炉旁,并给他准备了敷布,还让所有没必要看到国王陛下病痛的人都离开这里。当人们将那两个在森林里抓住的不幸孩子，像羔羊一样五花大绑着拉出去的时候，女孩不知怎么挣脱了仆从，扑倒在国王酸痛的脚下。她开始用乱蓬蓬的头发摩擦国王的脚趾。国王虽然有些意外，但还是示意人们允许她这样做。过了一会儿，他说疼痛减轻了，然后下令给孩子们吃饱穿暖，把他们像人一样好好对待。收拾行李的时候，我伸出手去抚摸男孩的头，每个国家的人都这样对待孩子。就在这时，他突然在我的手腕处狠狠地咬了一口，咬出了血。因为害怕得上狂犬病，我去附近的溪流清洗伤口。结果在泥泞不堪的岸边滑倒了，全身摔倒在木桥上，旁边的木头一下子砸在了我的身上。我的腿痛极了，痛得我像动物一样叫了起来。才刚意识到大事不妙，我就晕了过去。

当我恢复了知觉，发现年轻的雷切沃尔斯基正在轻拍我的脸的时候，我看到了庄园房间的天花板，周围是人们担忧的面孔，包括国王陛下的脸——它们全都奇怪地一会儿伸长，一会儿变形，模糊不清。那时我才意识到自己发烧了，而且昏迷了很长时间。

"上帝保佑，戴维森，你对自己做了什么？"国王陛下伏下身体，担心地问。他旅行假发上的发卷擦过我的胸部，然而这种温柔的触感也让我感到疼痛。那一刻我并没注意到，陛下的脸变得柔和起来,脸上的汗水消失了,他站在我面前,穿着鞋。

"我们必须得走了,戴维森。"他不无担忧地对我说。

"不带我?"我惊恐地呻吟起来,全身因为疼痛和恐惧而颤抖,我怕他们把我扔在这儿。

"很快就会有利沃夫最好的医生来救治你。"

我痛哭失声,绝望大于身体的病痛。

我含泪向国王陛下告别,看着他们的队伍继续前进,里边却没有我!他们把年轻的雷切沃尔斯基留下来陪我,这多少让我好过一些,我们被托付给了哈伊达莫维奇先生来照顾。"绿孩子"们也被留在了庄园里,这让我们稍微有些高兴——也许是因为,这样我在救援到来之前还有点儿事情可做。

我发现自己的腿断了两处,而且伤口错综复杂。有一个地方的骨头刺穿了皮肤,要把它重新接上需要高超的技巧。我无法自己完成这样的工作,因为我一动手就疼得立刻晕了过去,尽管我听说有人给自己做过截肢手术。早在出发前,国王就有先见之明地发出了命令,叫利沃夫最好的医生立即来这里,但我认为至少需要两个星期他才能出现在我身边。与此同时,腿必须尽快接起来,因为这里的天气潮湿,如果伤口上长了坏疽,我就永远也看不到法国宫廷了。我曾经讨厌它、批评它,可是现在,法国宫廷成了我眼中现实世界的中心,我梦中最美丽的、失落的天堂。我也再看不到苏格兰的山丘了……

几天来,我主动服用止痛药,就是我给国王治疗痛风的那种药。信使终于从利沃夫赶来了,却没有带来医生。他在途中被鞑靼人杀害了,这片土地上有好多鞑靼人流窜。信使向我们保证,很快会有另一名医生过来。他还给我们带来了国王结婚的消息。国王顺利抵达利沃夫之后,在那里的教堂举行了隆重婚礼,将波兰共和国交给了圣母,以保护波兰免受瑞典、俄国、赫梅利尼茨基①以及所有其他进犯波兰的人们的侵害,他们都曾像恶狼一样扑向如待宰羔羊般的波兰。我明白,国王殿下会有不少的麻烦事儿,但让我高兴的是,信使从国王那儿给我们带来了高度伏特加、几瓶莱茵葡萄酒、皮草衣服和法国香皂——最后一样最让我开心。

我认为世界以一个地方为中心,由许多个区域组成。那个被称为世界中心的地方会随着时间的流逝而改变——曾经是希腊、罗马、耶路撒冷,而现在毫无疑问是法国,实际上是巴黎。如果用圆规在这个中心的周围画些圆圈,就可以把那些区域标出来。原理很简单:越靠近中心,那里的一切看起来就越真实和有形,而距离中心越远,那里的世界就越模糊,就像破旧的麻

---

① 鲍格丹·赫梅利尼茨基是乌克兰哥萨克首领,1648—1654 年带领乌克兰反抗波兰统治。

布最终会在水里分解一样。而且,世界中心是凸起的,所以思想、时尚、发明都从中心流向周遭。这些东西首先渗透到最近的区域,接下来是较远的一些地方,到达那里的东西就少了一些,而能到达最远的地方的就只有一小部分了。我意识到这一点的时候,正躺在位于沼泽地带的哈伊达莫维奇先生的庄园里,这里大概是最远离世界中心的地方,而我,孤独得就像被流放到托弥的奥维德。我发起了烧,迷迷糊糊中觉得自己能写出和但丁的《神曲》一样伟大的东西。我可以写这里发生的事,不过我写的不是来世,而是现世。处于欧洲各个区域的人们,彼此因相争而为恶,继而受到惩罚。这真是一出由暗藏的对弈、破裂的同盟组成的喜剧。剧中角色会在表演中变化,谁也无法确知自己是否识人有误。这个故事讲述了一些伟人的狂躁,另外一些人的冷漠和自私,一小部分人,又或许更多人的勇气和牺牲。正如某些人所希望的那样,在这个被称为欧洲的舞台上活动的英雄们,根本不会如他们所愿因宗教而团结在一起,相反,正是宗教将人们分裂。虽然我们很难承认这一点,但看看今天因宗教分歧而爆发的战争中死难的人数就可见一斑。能将人们团结在一起的是《神曲》中展示出的另外一些东西——故事的结局必须是幸福和成功——这些东西就是对理智的信任和这部伟大、神圣作品中所体现出来的理性。上帝赐予我们感官和理性,使我们能够以此为工具探索世界,增长知识。这才是欧洲应该有的样子,一个理性被发扬的地方。

我清醒的时候,满脑子想的就是这些事。但是接下来的大部分日子里我都在高烧。利沃夫的医生迟迟未至,年轻的雷切沃尔斯基将我的安危视为己任。经过他的同意,庄园主人派人去找了一个女人,她带着她的哑巴助手来到了我的身边。在我身上倒了一瓶高度伏特加之后,他们把我的断腿复位,并把骨头接进了腿里。这一切都是我年轻的同伴事后不无担忧地告诉我的,我自己什么也不记得了。

手术后我恢复了知觉,那时已然艳阳高照。很快,复活节来临,一位牧师来到了这里,在庄园小礼拜堂里做了一场节日弥撒,顺便给"绿孩子"们施洗。我的朋友兴奋地把这个消息告诉了我,还说庄园里的人议论纷纷,认为我遭受的厄运是这两个孩子造成的。我不相信这种胡说八道,也不许他们再信口开河。

一天晚上,雷切沃尔斯基把小女孩带到了我的面前。她已经梳洗干净,穿戴整齐,而且非常安静。我允许她用她的麻辫抚摩我的伤腿,就像之前对国王做的那样。我发出了嘶嘶声,因为即使头发的触碰也让我很痛。但我还是勇敢地坚持住,直到疼痛逐渐减轻,并且肿胀似乎也减小了。之后她又这样做了三次。

又过了几天,随着春天到来,天气逐渐暖和起来。我试着站起来。这里的人给我做的拐杖很舒服,我来到了门廊,在那里享受着渴望已久的阳光和新鲜空气,度过了整个下午。我打量着在贫瘠农庄里忙碌的人们。厅堂还算大,装饰得也挺富丽,但马厩和谷仓似乎来自更遥远的文明。我难过地意识到,我已经被困在这里很长时间了。为了适应这种流亡生活,我不得不给自己找点事做,只有这样我才不至于在这个潮湿、泥泞的国家陷入忧郁,不丧失有一天上帝能让我回到法国的希望。

雷切沃尔斯基把这两个野孩子带到了我面前。人们收留了他俩,但并不知道在这战争期间的荒蛮之地该对他们做些什么,大家只是期待着有一天伟大的国王陛下能想起这些孩子。他们被锁在一楼的一个杂物间里,那儿堆了很多不需要的或者需要的东西。由于墙壁是木板做成的,孩子们可以透过缝隙看到屋子里的其他人。他们蹲在房子外面大小便,用手抓东西吃。他们很馋,但并不想品尝肉的滋味,把它都吐了出来。他们不认识床,也不知道水盆为何物,总是胆战心惊的,在地上打滚,双手双脚在地上爬。他们想咬人,被人们骂,然后缩成一团,僵在原地很久很久。他们用一种嘶哑的声音彼此交流,太阳一出来,就脱下衣服,把自己暴晒在温暖的阳光下。

年轻的雷切沃尔斯基觉得这些孩子会成为我的娱乐,让我有事可做。因为作为一个科学家,我愿意研究他们并记录下来,这能让我不去反复想我的断腿。

他是对的。我发现小怪物们看到我被包扎起来的手脚时，为自己咬了我而感到羞愧。小女孩渐渐对我产生了信任，允许我为她检查。我们坐在杂物间被太阳烤得暖暖的木门前面。大自然重焕生机，无处不在的潮湿气味变淡了。我轻轻地把女孩的脸转向阳光，从她的麻辫里取出几根头发——它们很温暖，仿佛是羊毛制成的，闻起来有苔藓的味道，看起来正在长成地衣。近看就能发现，她的皮肤上布满了深绿色的细小斑点。我之前看的时候，还以为那是污垢。我和雷切沃尔斯基都很惊讶——认为她有些像一种植物。我们怀疑这就是她脱衣服并把自己暴露在阳光下的原因：每棵植物都需要阳光，而阳光通过皮肤给它提供养料。而且她也不需要吃多少东西，有些面包屑就够了。人们已经给她起了名字，叫"奥西罗德卡"，这名字对我而言很难发音，但听起来不错。意思是柔软的面包心儿，也指那些只吃面包中间部分而把面包皮留下的人。

雷切沃尔斯基对"绿孩子"越来越着迷，他告诉我，他听到小女孩在唱歌。虽然按照他的说法，那更像是一种小兽的低鸣，但这说明他们的嗓子是正常的，而不会说话就是另外一个问题了。我还发现，他们的身体结构与普通儿童没什么不同。

"也许我们抓住的是波兰小精灵？"有一次我这么开玩笑。

雷切沃尔斯基生气了，觉得我把他当成了野蛮人。他可不相信这种事。

庄园里的人们对于如何处置"波兰麻辫"，也就是麻辫小孩意见不一。况且他们还是绿色的！大家普遍认为，"波兰麻辫"是一种体内疾病被排出体外的表现。如果把一个人的麻辫剪去，那么这种病就会回到他的体内，把他杀死。另外一些人，包括以世界公民自居的哈伊达莫维奇先生认为，应该把麻辫剪下来，那可是虱子和其他害虫的住所。

管家甚至让人们把剪羊毛的剪子拿来，要把孩子们发绿的发辫剪下来。小男孩吓坏了，躲在他姐姐（我猜测女孩是他的姐姐）后面。但是那个女孩看上去很大胆，甚至有点自大——她走上前去，盯着管家，直到他感到困惑才移开视线。同时，她的喉咙中发出像野生动物一样的咆哮声。她张着嘴唇，露出了牙齿的尖端，眼神透着异样，仿佛毫不理解我们的秩序，像看着动物一样看着我们，目光几乎要把我们刺穿。另一方面，她有一种出乎意料的、成熟的自信，有一瞬间我在她身上看到的不是一个孩子，而是一个发育不良的老太太。所有人都感到后背发凉，最终管家命人们放弃了剪麻辫的行动。

可惜的是，在鸟窝般的木制教堂里受洗后，小男孩当晚就病了。他受到了惊吓，又胆怯，突然就死掉了。所有人都因此把男孩看成了魔鬼——如果不是堕落天使,谁又能被圣水杀死呢? 如果说为什么没有马上被杀死,哎,那是邪恶在为了自己的……而战。总而言之,大家认为有种更高级的力量干预了绿孩子的事。

就在那天,庄园周围的沼泽地里出现了一些奇怪的声音,既不是鸟叫,也不是蛙鸣,倒像是哀乐。人们把男孩小小的身体清洗干净,给他穿好衣服,放置在灵台上。遗体周围点着祭祀用的蜡烛。我被允许在这一过程中再次检查小男孩的身体。看到这个孩子时,我的心揪了起来。从他裸露的身体可以看出,这就是一个孩童,而不是什么怪物。那时我就在想,每一个生物,包括这个孩子,都有自己的母亲和父亲——他们现在在哪里呢? 是否想念自己的孩子? 是否担心不已?

我控制住了与医者不相符的情绪,仔细地检查了男孩的身体。我认定,他是因为人们用冰冷的溪水过早地为他洗澡而死亡的。我还断定,他的身体并没有什么奇怪之处,除了皮肤上的绿色,可我认为那是因为他长时间在森林里生活而形成的保护色。就像有些鸟儿的翅膀同树皮的颜色相似,而蚱蜢和草地的颜色一样,大自然里这样的情况比比皆是。自然就是被这样创造出来的,每种病痛都有自己的解药。我一直奉为榜样的伟大的帕拉塞尔苏斯医生早就有过如此论断,现在我又把这些话讲给了年轻的雷切沃尔斯基。

男孩死后的第一天晚上,尸体不见了。负责看守遗体的妇女被香炉冒出的烟熏得迷迷糊糊,午夜后就离开灵台去睡觉了。等她们在黎明时分起床,才发现那具尸体已经没了踪影。我们被惊醒了,整个庄园灯火通明,每个人都感到恐惧可怖。仆从们立刻散播消息,说绿色的小矮人靠着一种神力假装死了,然后在没人看守灵台的时候复活了,回到了森林里属于自己的地方。另一些人说,他可能会回来报复曾经囚禁过他的人,所以大家把大门紧锁了起来。周遭充满了焦虑,仿佛受到了鞑靼人入侵的威胁。我们用手铐脚镣把奥西罗德卡关了起来,奇怪的是她居然无动于衷,还是穿着破旧的衣服,脏兮兮的,这又增加了人们对她的怀疑。我和年轻的雷切沃尔斯基仔细地检查了所有痕迹:房间里只有几条拖痕,似乎尸体是被拉出去的。外面又慌又乱,人们早把地面踩得一塌糊涂,什么也看不出来了。葬礼被取消,灵台被打扫干净,蜡烛被收到了箱子里,等待下一次被使用的机会。希望它不会很快到来!在接下来的几天,可以说,我们就像被包围了一样,不过包围我们的不是土耳其人或俄国人,而是一种奇怪的恐惧,这种恐惧有着叶子那样的绿色,有着泥土和地衣的气味。这种黏滞、无语的恐惧,开始迷惑我们的思想,并将我们的目光引向蕨类植物和无底的沼泽。昆虫似乎在注视着我们,树林中传来的神秘声音听起来如同一声声哀鸣和哭诉。每个人,无论仆从还是主人,都聚集到了一间称为"俱乐部"的大房子里。我们在那里食不知味地吃了点晚餐,喝了点高度伏特加,但不是为了取乐,而是出于恐惧和担忧。

春天从森林中越来越快地溢出,逐渐蔓延到沼泽地带。很快,粗茎植物的花朵和色状不同寻常的睡莲,以及大叶浮游植物,将这里染成一片黄色。作为一个植物学家,我不知道这大叶植物的名字,这让我深感羞愧。年轻的雷切沃尔斯基竭尽所能地给我找乐子,但是在这种情况下,谁又能想到什么呢?这里没有书,纸和墨水也很少,只够让我给植物画些素描。我的视线开始越来越多地转向那个女孩,奥西罗德卡,她失去了弟弟,现在开始依赖我们。她变得特别喜欢年轻的雷切沃尔斯基,处处跟着他,以至于我开始怀疑误判了她的年龄。于是,我试图在她身上找到些许女性成熟的早期迹象,但她的身体那么幼小瘦弱,没有任何曲线。尽管哈伊达莫维奇家的女人们给了她漂亮的衣服和鞋子,可她每次离开屋子的时候,都小心翼翼地将它们脱下,放到墙根下。很快,我们开始教奥西罗德卡读写。我画些动物给她看,希望她能说点什么。她仔细地看着,但我感觉她的眼睛看到的只是纸的表面而非内容。我给她拿了些煤块,她会在纸上画圈,但很快就厌倦了这样的游戏。

　　我必须花点笔墨写写年轻的雷切沃尔斯基。他的名字叫费利克斯，名如其人，他在任何情况下都是一个快乐的人，总是心情愉快，不管遇到什么事，都满怀希望。而他所遭遇的是俄国人对他全家的灭门残害。他们把他父亲的肚子剖开，强奸了他的母亲和姐妹。我无法理解，他如何还能保有内心健康，我就没见他流过一滴泪或是陷入忧郁。他已经跟我学了很多东西，这并非没有原因，国王陛下希望他能跟着一个好老师——如果我可以这样说自己——学习。若不是发生了接下来我马上要写的事情，这个微不足道、身材矮小、行动敏捷、有着浅色皮肤和蓝色眼睛的人，本应有成就大业的机会。然而此时，这位年轻的雷切沃尔斯基因为波兰的美食而发胖，比我还不愿意走出庭院。他开始对"波兰麻辫"产生浓厚兴趣，而在庄园里，这种现象是与奥西罗德卡融为一体的。

　　夏天，在七月的暑热中，我们从信中得知华沙已从瑞典人手中被夺了回来。我以为，一切都会恢复到原来的状态，我可以回到国王陛下身边，为他治疗痛风。现在是由另一位医生照顾他的病体，这令我感到不安。我想要对国王使用的汞治疗法还少有人知。波兰的医学技术和在这方面的实践尚不准确，医生们并不了解最新的解剖学和药剂学的发现，他们所依靠的那些老法子更近于民间智慧,而不是深入研究的结果。我不能隐瞒我的这种想法,否则我就是个骗子。要知道,即使在路德维克的宫廷中,也没有几个医生不是那种靠着拍脑袋想出来的发现和研究来"悬壶济世"的庸医。

　　不幸的是,我的腿恢复得并不好,一直无法站立。一位被当地人称为"长舌妇"的老妇人常来看我,用一种散发着臭味的棕色液体按摩我松弛的肌肉。这时我们听到了一个不幸的消息,瑞典人再次征服了华沙,并无情地大肆掠夺。我开始重新思考自己的命运,也许我被困在这沼泽地带恢复健康是不无道理的,是上帝为我安排了这一切,令我得以安全地免遭暴行、战争和人类的疯狂。

　　这里的人们无比隆重地庆祝圣克里斯托弗日,以纪念这位将小耶稣从水中带到了陆地上的圣徒。在这之后大约两周,我们第一次听到了奥西罗德卡开口讲话。她先是和年轻的雷切沃尔斯基说话,当他惊讶地问她为什么到现在才讲话的时候,她说没有人问过她什么东西。从某种意义上说,这是事实,因为我们认为她不会讲话。我很遗憾自己的波兰语太过拙劣,要不我就可以问她各种事情了。可雷切沃尔斯基不太能理解她,她说的是一些当地的俄语方言……她的嘴里不时蹦出一些单个的词语或短句,然后看着我们,像是验证她的语言的力量,或是在要求我们的确认。她的声音与她并不相符——低沉，好像是男性的声音，反正一点不像一个小女孩的声音。当她用手指着说出"树""天空""水"的时候，我感到非常奇怪，因为这些意指简明的单词，听起来像从来世传来的声音一样。

时入盛夏，沼泽干透了。不过没人因此而欢喜，因为现在所有人都可以进出，这使得本就人丁稀少、积贫积弱的庄园更易遭受土匪无赖的袭击——在这种时候，很难分出敌友。有一次俄国人袭击我们，哈伊达莫维奇只得和他们妥协，给了他们赎金。还有一次我们和逃兵团伙作战，年轻的雷切沃尔斯基举起枪干掉了几个人，被大家奉为伟大的英雄。

每一次国王的使者到来，我都盼着他把我接走，带回陛下身边，可我的愿望总是落空。战争在继续，英勇的国王跟着军队到处跑，可能已经忘记了他的外国医生。我的伤口在恢复中，我想即使没有传召我也可以出发了，就算不能独自一人骑马又怎样？我坐在长椅上，沉浸在这些悲伤的想法之中，看着庄园里一天天地有了越来越多年轻女仆和农民的孩子，有时还有哈伊达莫维奇家的公子小姐，聚在奥西罗德卡身边——所有人都一起听她讲话。

"他们在讨论什么？在说些啥？"我问雷切沃尔斯基。他一开始只是偷听，后来就光明正大地加入了这个奇怪的团伙。在服侍我入睡的时候，他再把这一切告诉我。每晚他都用自己的小手将"长舌妇"留下的药膏抹在我正在愈合的伤口上，那药膏的疗效不错。

"她跟我们讲，在远离沼泽地的森林里有一片土地，那里的太阳比我们这里的暗，因此月亮和太阳的光亮是一样的。"他的手指轻轻划过我的皮肤，然后把我的大腿稍微抬高一点，以便血液更好地流通。"那片土地上的人们在树上生活，晚上在树洞里睡觉。月亮升起来的时候，他们会爬到树顶，把裸露的身体晾在月光下，所以他们的皮肤变成了绿色。因为有月光照耀，他们不需要吃太多东西，树林里的浆果、蘑菇和坚果就够了。他们既不种地，也不盖房子，所做的一切事情都是为了享乐。如果他们想要干什么，就聚到一棵树上开会，有了结果后就去执行。如果谁不想干了，大家也由着他去。反正他早晚会回来。如果谁和谁相爱了，就共度一段时光。如果谁不爱了，就离开再去爱别人。这就是他们生育繁衍的方式。孩子出生后，所有人都是他们的父母，所有人都愿意抚养他们。有时候，当他们爬上那棵最高的树，他们能模模糊糊看到我们的世界，看到被烧毁的村庄冒出的烟，闻到尸体焚烧后刺鼻的气味。那时他们就会迅速躲到树叶里，不想让这样的景象污浊了眼睛，也不想让这样的气味污浊了鼻子。我们世界的光怪陆离，让他们嫌弃又恶心。他们觉得这是海市蜃楼,因为鞑靼人和俄国人从未侵犯过他们。在他们看来,我们是不真实的,是噩梦般的存在。"

有一次,雷切沃尔斯基问奥西罗德卡信不信上帝。

"上帝是什么?"她反问。

所有人都觉得这样的问题很奇怪,但似乎也很有意思,居然有人不知道上帝的存在——上帝为何允许如此巨大的人间惨剧发生啊!既然他这么善良、仁慈和万能? 如果不问这些麻烦的问题,生活可能会更简单些。

有一次我问起这些绿人族如何过冬。那天晚上,雷切沃尔斯基给我带来了答案。他一边按压我那可怜的大腿一边说,他们根本注意不到冬天,因为第一次降温的时候他们就聚在森林里最大的一个树洞里,像老鼠一样紧紧地抱在一起,进入梦乡。他们身上会慢慢地覆上厚厚的青苔用以御寒,大大的蘑菇会长满树洞的入口,这样从外边就看不到他们了。他们的梦有"共通"的特点,也就是说,当一个人梦到些什么的时候,另一个人就会在自己的脑海中"看到"什么。这样,他们就永远不会感到无聊。经过一个冬天,他们会消瘦很多,所以当春天温暖的月亮第一次升起的时候,所有人都会爬上树顶,整天将自己苍白的身体沐浴在月光里,直到它们变成健康的绿色。他们有同动物交流的方式,因为他们不吃肉也不狩猎,所以动物愿意和他们交朋友,并帮助他们。动物们甚至向他们讲述了自己的故事,这让绿人族变得更加聪明,更加了解自然。

在我看来,这就是个民间故事。我甚至在想,是不是雷切沃尔斯基自己凭空想象出了这些。所以有一天,在仆人的帮助下,我偷偷地跑去听奥西罗德卡讲故事。不得不承认,那女孩讲话流利、大胆,每个人都静静地听她说着。不过我无法确认雷切沃尔斯基在转述给我时有没有添油加醋。有一次我让他问问死亡的事情。雷切沃尔斯基带回了这样的答案:

"他们把自己看成水果,他们说人就是水果,动物会吃掉人。所以他们把死了的同伴绑在树枝上,等着森林里的鸟兽把他们吃掉。"

到了八月中旬,当沼泽变得更加干燥、道路变得更加坚硬的时候,我久久期盼的国王的使者终于来到了庄园。他带来了舒适的马车、几名士兵以及国王给我的信和礼物:那是新衣服和好酒。我被国王的慷慨感动得痛哭流涕。我高兴极了,因为几天之后我们就将出发,重返世界。我跌跌撞撞地跳了又跳,一次又一次地吻着雷切沃尔斯基,我受够了这座隐藏在树林和沼泽之间的庄园,我厌倦了腐烂的树叶、苍蝇、蜘蛛、虫子、青蛙和各种甲虫,还有无处不在的湿气、淤泥和绿色植物的气味。我对这一切都烦透了。关于"波兰麻辫"的书我已经写好了,而且为

其添加了不少奇幻色彩。我还介绍了一些当地的植物。谁还能
比我做得更多？

　　然而对于即将到来的离去，年轻的雷切沃尔斯基并不感到
高兴。他躁动不安，经常从某个地方消失。晚上他只告诉我说
他去橡树下说话了，说是在搞研究。我本该猜到些什么，但是即
将到来的归程让我如此兴奋，以至于什么都没想到。

　　九月的头几天是月满之日，一到这时候我就睡不好觉。月
亮升到森林和沼泽的上方，它是如此之大，以至于我心生恐惧。
那是出发前几天的一个夜晚，尽管我一整天打包我的植物标本
累坏了，但却难以入睡，辗转反侧。我觉得自己听到了房子里某
个地方的耳语呢喃、小脚丫走路的声音和轻轻开关门的声音。
我以为那是幻觉，但到了第二天早晨，我发现并不是。这里所有
的儿童和年轻人，都从这庄园里消失得无影无踪了，包括管家
的全部孩子——四个女孩和一个男孩，所有孩子加起来一共有
三十四个，所有人的孩子。只有嗷嗷待哺的婴孩儿还在母亲的
怀中……我英俊、年轻的雷切沃尔斯基也不见了。我本已想好
要请他去法国宫廷的。

　　对哈伊达莫维奇的庄园来说，这一天如同末日审判，女人
们的哀鸣声响彻天际。我们很快觉得，这是鞑靼人的勾当。众
所周知，他们抓孩子做俘虏——这一切进行得悄无声息。人们

开始认为是某种不洁的力量在起作用。男人们把能找到的菜刀、镰刀、长剑磨得雪亮,一次次和家人告别,结队南下寻找失踪的孩子们。但都无功而返。傍晚,仆役们在庄园附近的树林中,发现了一个孩子的尸体,被高高地挂在树上。他们吓得尖叫起来,所有人都从衣服上辨认出,这是那个春天死去的绿色小男孩。现在,这身体剩下的不多了,都被鸟儿吃了。

一切新鲜的、年轻的东西都从这片聚居区消失了——未来也消失了。森林成了环绕着这里的一道墙,又好像是这世界上最强大的王军,而先锋官正在命令队伍掉头。掉头后去向哪里?去到世界上最后一个无限大的区域,越过了叶子的阴影,越过了光斑,进入永久的黑暗。

我又等了年轻的雷切沃尔斯基三天,最后给他留下了一封信:"如果你回来了,无论我在哪里,都来找我。"在那三天之后,哈伊达莫维奇的庄园里的所有人都明白,年轻的人们是再也找不回来了,他们回到了那个由月亮主宰的世界。当国王派来的马车开动的时候,我哭了,不是因为那条令人讨厌的腿,而是因为内心深处的某种震动。我离开了这世界一个最边缘的地方,那令人厌恶的潮湿,前所未有的痛苦,模糊不定的视野,在那之后,却只有巨大的虚无。我再次前往世界中心,那里的一切将立即变得有了意义,并形成一个连贯的整体。现在,我如实地写下了自己在这边远之地看到的一切,没有任何删减。我希望亲爱的读者能帮我理解那里发生的、我几乎无法明了的事情,比如,世界的边远之地用一种神秘的无力感在我们身上留下了永远的印记。

罐　头

　　她去世的时候，他为她办了场像样的葬礼。她所有的女性朋友都来了。那些又矮又胖的女人戴着贝雷帽，浑身散发着樟脑球的味道，穿着镶海狸鼠毛领的大氅，仅露出了脑袋和苍白的脸。当被雨水淋湿的麻绳绑住的棺木被缓缓送下，她们轻声整齐地啜泣，然后成群结队走向公交车站。她们手中的雨伞，犹如一个个穹顶图案。

　　就在那天晚上，他打开了家里的吧台，她在那儿收着自己的文件。他东寻西觅……并不知道要找什么东西。钱？股票？债券？或许是一张养老保险单，就是电视、广告上常能看到的用黄叶簌簌落下的秋景做宣传的那种保险。

　　最后他只找到了上世纪六七十年代的储蓄账簿，还有父亲的党员证。父亲在1981年安然离世,坚信自己的信仰是形而上学的永恒秩序。他看到了自己上幼儿园时画的画,被收在一个带橡皮绳的纸质文件夹里。他有点感动,从没想到她还攒着他的画。他还看到一个笔记本,上面记满了用蔬菜、鱼、肉、水果做罐头的菜谱。每种做法都独立成页,每种罐头的名字都包含稍许润饰意味——饮食词汇也是需要美的。"带芥末的辣味菜""德拉安娜腌南瓜""阿维尼翁沙拉""克里奥尔牛肝菌"。有些菜名起得有点儿标新立异:"苹果皮果冻"或者"糖拌菖蒲"。

这让他产生了去地下室看看的想法。他已经好多年没去过那儿了。但是她,他的母亲,很喜欢在那儿待着,他也从没觉得奇怪。当她觉得他看电视球赛的声音太吵,而她的抱怨又越来越没用的时候,他就能听到钥匙相互碰撞、接着门被狠狠关上的声音,然后她就会消失很长一段时间。那时他就会觉得这下天下太平了,开始逍遥自在地干自己最爱干的事儿:干掉一罐罐啤酒,盯着两伙穿着不同颜色上衣的男人追着一个球,从球场的一端跑到另一端。

地下室看起来格外干净。这儿铺着块又小又破的地毯。哦!他记得在小时候就有这块地毯,还有一个长毛绒沙发,一切历历在目。这儿还有一个带底座的落地灯和一些大概不知被读过多少遍的书。然而,给他留下最深刻印象的,是摆满了罐头的一排排架子。每个罐头瓶上都贴着不干胶标签,上面写着他在刚才那本菜谱上看到的名字:"斯塔霞夫人腌黄瓜,1999""随口青椒,2003""佐霞夫人猪油"。有些名字听起来很神秘,比如"干馏四季豆"——他实在想不出,"干馏"是什么意思。罐头瓶子里发白的蘑菇、多彩的蔬菜以及血红的辣椒,激发了他对生活的渴望。他急匆匆地翻找着那些罐子,却没从罐子后找到任何股票或现金。看来,她什么也没给他留下。

他扩大了自己在她房子里的生存空间——现在他把脏臭的破衣服丢得到处都是,地上堆起了喝过的啤酒罐子。他时不时去地下室,拿箱子装一些罐头上来。他单手就能把它们依次打开,然后拿起把叉子,把里面的东西叉出来吃。啤酒和花生,或是咸味饼干棒配腌辣椒,又或是像婴儿一样又小又嫩的酸黄瓜,那滋味妙不可言。他坐到电视机前,思考着新的生活状态,获得的新鲜自由。他有种感觉,好像刚刚高中毕业,一切皆有可能,更好的新生活才刚刚开始。然而他已经不小了,去年已经过了50岁生日。但他却觉得自己很年轻,就像个刚刚毕业的年轻人。

尽管母亲死后留下的最后一点钱马上就要花完了,但他认为还有时间用来做出正确决定。他可以先把母亲留下的遗产吃干喝净。大不了只买面包和黄油。当然还有啤酒。然后可以看看有没有合适的工作。为这个事儿母亲已经絮叨他二十多年了。也许他会去找个职业介绍所——肯定会有工作给他这样年过五十的高中毕业生的。甚至,他或许会穿上那身母亲熨烫妥帖,和配套的蓝衬衫一起挂在衣柜里的浅色西装,去城里转转。只要电视里没有任何足球比赛节目。

他自由了。可是没有了母亲的拖鞋踩在地板上的嗒啦声,那种他已经习惯了的单调声音,和她那一贯低沉的嗓音:"你能不能别看电视了? 去交个女朋友。你就打算这么过一辈子? 你就不能自己找个房子住? 这里住两个人太挤了。每个人都结婚生子,旅行,野餐,你呢? 我又老又病,还得养活你,你怎么就不害臊? 先是你爸爸,然后是你,我得给你们洗衣服,熨衣服,买东西。这个电视机害我睡不了觉。你一看就看到天亮。你整宿整宿地都在看些啥? 就不烦吗?"她就一直这么絮絮叨叨,于是他买了一副耳机。问题解决了。她听不到电视的声音了,他也听不到她的唠叨了。

现在他又觉得太安静了。她曾经整洁地摆放着玻璃橱柜、铺着漂亮桌布的房间,堆满了空包装盒、罐头瓶和脏衣服,渐渐散发出一股怪味——发出恶臭的床单、舌头舔过的锡罐上长出的霉斑产生的气味。那房间完全封闭,从不通风,可着劲儿腐烂、发酵。某天,他想找条干净毛巾,在衣柜底下又发现了一批罐头。它们被藏在一堆床单和羊毛线团下面——地下军,第五罐头纵队。他仔细打量这些罐头,和地下室那些相比,它们的生产年份显然不同。标签上的字都掉色了,多是 1991 年和 1992 年,偶尔也有个别年代更久远的——比如 1983 年,还有一瓶 1978 年。这瓶应该就是怪味的主要源头。金属瓶盖已经生锈,空气进到了瓶子里,里面的东西都分解了,变成不知道是什么的令人恶心的不明悬浮物。他忙不迭地扔掉了。

标签上反复出现类似文字,比如"黑加仑酱腌南瓜"或是"南瓜酱腌黑加仑"。还有几瓶颜色已经发白的小黄瓜。还有几瓶罐头里的东西,如果没有标签上的文字说明,都没人能看得出来是什么了。腌蘑菇变成了黑稠的果冻一样的东西,果酱结成了黑块,肉酱干成了一小块。他还在鞋柜和浴缸下面发现了一些罐头,也有一些在她床头柜里。他诧异于她居然藏了这么多罐头。她是背着他藏吃的,还是觉得自己的儿子早晚有一天要搬走,所以给自己预留的储备?还是说,这本就是母亲留给他的,她觉得自己会先离开——毕竟一般妈妈都没有儿子活得长……也许她想用这些罐头给儿子的未来提供一个保障。他看了看其他罐头,既感动,又恶心。

他看到了一瓶放在厨房水池下边写着"醋泡鞋带,2004"的罐头——这本应让他不安。他看着绕成一团、漂浮在不明液体中的棕色鞋带和黑色的多香果颗粒,觉得有点难受。仅此而已。

他回忆起,当她老是盯着他的时候,他就摘掉耳机去浴室。这时她就从厨房里冲出来,拦住他。"所有雏鸟都会离巢,这是自然规律。父母需要休息。整个自然界都是这样。那么你为什么折磨我?你早就应该搬出去,过你自己的日子。"她啜泣。当他试图悄悄绕过她,她就抓起他的袖子,声音也变得更高更尖。"我应该有个安详的晚年。你放过我吧!我想要休息。"这时他已经进了浴室,锁上了门,开始想自己的事儿。当他从浴室出来的时候,她还想再次抓住他,可是这次更没了把握。然后她慢慢地在自己的房间里没了声音,仿佛哭诉过的痕迹都消失了,直到第二天早上她故意将锅碗瓢盆弄得叮当响,让他没法睡觉。

但是谁都知道,妈妈爱自己的孩子;这就是母亲的天职——爱和原谅。

所以他根本没细看那些鞋带,以及——他在地下室找到的西红柿汁泡海绵……标签上清清楚楚地写着"西红柿汁泡海绵,2001"。他把罐头瓶打开,看看里面的东西和标签是否一致,然后整个扔进了垃圾箱。他没把这些奇怪的东西理解为母亲对他的算计。他找到了不少真正的好东西。比如放在柜子上面的最后一批罐头里,就有特别好吃的肘子。一想到在房间窗帘后面找到的重口味腌红菜,他就直流口水。两天里,他吃掉了好几瓶罐头,用手指头直接从罐头瓶里挖出木梨酱,吃得津津有味,权当是饭后甜点。

　　在看波兰和英国队的球赛时,他从地下室抬上来一整箱罐头。又摆出一整排啤酒。他从箱子里拿出罐头,吃得很爽快,根本没看自己吃的是什么。一个瓶子引起了他的注意,妈妈在写标签时犯了个可笑的错误:"腌魔菇,2005"。他用叉子把又白又嫩的蘑菇头一个个放到嘴里,而它们就像活了一样,从他的喉咙嗖嗖嗖地滑到了胃里。进球了,然后下一个,他甚至没注意到什么时候把所有蘑菇都吃完了。夜里他去上厕所,恶心的感觉直冲脑门。他觉得妈妈就站在那里,用他无法忍受的尖厉嗓门喋喋不休,然而他清醒地记起,她已经死了。他吐了一整夜,直到早上,但没什么用。他用尽最后一丝力气叫了救护车。在医院里,医生想给他进行肝脏移植,但是找不到器官捐献者。所以,他没有清醒过来,几天后就死掉了。

　　这时出现了一个问题。没人把他的遗体从太平间领回来并给他办葬礼。最后,在警察局的呼吁下,母亲的朋友们来了,就是那些又矮又胖的戴着贝雷帽的女人们。她们用雨伞在墓碑上拼出一个个荒唐可笑的图案,完成了自己充满悲悯的哀悼仪式。

接　缝

　　一切始于一个清晨，B 先生从被窝里艰难地起来，慢慢地踱到浴室。他最近睡得不好，夜里总是醒来，漫漫长夜被分成了许多细碎的片断，像极了他已故去的妻子的珠链，很久以前他在一个抽屉里找到的珠链。他把珠链拿到手里，朽烂的绳子断了，失去了颜色的珠子掉了一地。大部分珠子都找不到了。从那时开始，在那些无眠的夜里，他经常在想，那些圆圆的、没有思想的小生命跑哪儿去了？它们在哪一堆灰尘中安了家？哪条地板缝隙成了它们的生存空间？

　　早晨，他坐在马桶上，看到他的袜子中间有条接缝——两只都有，从脚趾一直到松紧口，有一条整齐的机器缝合线。

　　这只是件小事，却让他产生了兴趣。显然，他不经意地穿上了它，却没注意到这个怪异的现象——从脚趾到脚后跟，再到松紧口有一条长长的缝合线。所以，当他完成了浴室仪式后，径直走到了柜子前面，下面的抽屉里住着他的袜子，黑灰色的一团。他从中随便拽出一只，拉开，举到眼前。这是只黑色的袜子，房间里又很昏暗，所以他什么也看不见。于是他不得不回到卧室去找眼镜，然后才看到，那只黑色的袜子也有这么一条缝。他拽出了所有的袜子，顺便打算一双双地整理一下——每只袜子的接缝都从脚趾到脚后跟，再一直延伸到松紧口。看起来，袜子本来就有接缝，它是袜子理所当然的组成部分，不因袜子的意志而转移。

起初他感到很生气，不知是生自己的气还是生袜子的气。他不记得这种从上到下都有接缝的袜子。他只知道袜头、脚趾处有接缝，而且那接缝是光滑的。光滑的！他把那只黑色的袜子穿在脚上，看起来怪怪的，于是他厌恶地把它扔掉，开始试穿别的，直到累得不行了，他觉得自己喘不过来气了。他以前从没发现，袜子居然有这么一条缝。这怎么可能呢？

他决定放弃关于袜子的整件事儿。最近他经常这样做：把那些超出解决能力的事儿小心地存放在记忆的阁楼之中，并决定以后都不再触碰。他开始不嫌麻烦地给自己烹早茶，在里面加了一些对前列腺有好处的草药。他用过滤器滤了两遍茶汤。

茶水漏过滤网时,B先生切了两片面包,给它们抹上黄油。自制的草莓酱坏掉了——蓝灰色的霉菌像眼睛一样从罐子里挑衅而傲慢地看着他。于是他吃了只抹黄油的面包。

接缝的问题依旧困扰了他几次,但他必须把它当作邪恶的事物对待——就像滴水的水龙头、断了的柜子把手或坏了的夹克拉链一样。处理这些事情超出了他的能力。早餐后,他立即在电视预报上标记了今天打算看的节目。他试着让每一天变得充实,只留下空余的几个小时来做饭和采购。再说,他几乎从没适应过电视节目的强制安排。每次他都坐在扶手椅上睡着了,然后突然醒来,不知道几点了,这时他就试着从电视节目中找出答案。

在他买东西的街角商店里,有一个所谓的女经理。她是个身形壮硕的女人,皮肤很白,眉毛又黑又细。当他把面包和肉酱罐头装到袋子里的时候,什么东西触动了他,于是他顺便要了双袜子。

"您拿这双无压的吧。"经理说着,递给他一双整齐地包装在透明塑料中的棕色袜子。B先生开始笨拙地将它们放在手中反复看,想要透过包装看到一些东西。经理从他手里拿走袜子,整齐地去掉了包装纸,然后马上拿出一只放在自己精心保养过并贴了人造美甲片的手上,举到 B 先生眼前。

"您看,这袜子没有松紧口,不会勒腿,可以保证血液流通。在您这个年纪……"她开了个头,却没有说下去,因为她意识到,这么提起年纪是不合适的。

B 先生把头探向她的手,好像要亲吻这只手似的。

袜子中间横着一条接缝。"有那种不带接缝的吗?"他一边付钱,一边好像不经意地问道。

"怎么能没有缝?"女售货员奇怪地问。

"就是那种完全光滑的。"

"您在说些啥啊?这种袜子怎么做得出来。没有缝的袜子怎么做?"

于是,他决定不再理会这件事。人变老的时候,很多事情都注意不到——世界在前进,人们不断地想出一些新的、更便利的东西。他没有注意到袜子何时变得与以往不同。好吧,也许已经有很长一段时间了。谁也不可能无所不知,他这样安慰自己,回了家。购物车的车轮在他身后发出快乐的响声,阳光普照,楼下的女邻居正在擦洗窗户。他想起来,应该请她帮忙推荐一个帮他擦窗户的人。现在他从外面看着自己家的窗户——它们是灰色的,和窗帘一个颜色。让人觉得,好像这间公寓的主人很久以前就死了一样。他赶紧赶走那些愚蠢的想法,与他的女邻居聊了一小会儿。

春天是整理的季节,他不安地感到,应该去做些事情。他把采购来的东西放在厨房的地板上,没换衣服鞋子,径直走进了妻子的房间,现在他在那儿睡觉。他自己的房间用来存放旧电视杂志、各种盒子、空的酸奶杯子和其他一些兴许以后还用得着的东西。

他瞥了一眼依旧很漂亮的、女性化的房间,一切还是该有的样子——窗帘合上了,一室淡淡的昏暗,他的被褥整齐地铺放在床上,只有一个角折了起来,就好像睡着了一样一动不动。光闪闪的餐具柜中摆放着带金色和蓝色装饰带的茶杯、水晶高脚杯和从海边带回来的气压计。气压计上清晰的文字强调了这一事实:海上克里尼察。床头柜上放着他的血压计。床对面有一个大衣柜一直立在那儿,可从妻子去世以来,他很少也很不情愿再去看它。她的衣服还挂在那儿,好多次,他想要把衣服送出去,可至今也没有做到。现在他产生了一个大胆的想法——也许可以把这些东西送给楼下的女邻居,都给她。到时候他就可以顺便问问擦窗户的事情。

午饭他给自己煮了袋装的方便芦笋汤——非常美味。主菜是昨天吃剩的烤小土豆,他把它热了一下,喝了点开菲尔酸

奶。午饭后 B 先生都要小睡一会儿,之后他去了自己的房间,
忙活了两个小时,整理那些老旧的电视预告。他一周接一周地
攒,每年都攒五十几份。所以,大约有四百多期报纸,堆成高低
不等的几堆。扔掉它们是一种象征性的清扫:B 先生希望今年
开始与沐浴仪式一样的清理工作,一年是从春季,而不是日历
中的某个日期开始的。他成功地把它们全部搬到了垃圾堆,扔
到一个带有"纸"字样的黄色容器中,但他突然感到恐慌——仿
佛丢掉了自己的一部分生命,切断了自己的时间和过去。于是
他踮起脚尖,拼命地朝里面看,试图找到自己的电视节目预告。
但是它们消失在了黑暗的深处。楼梯间里,当他爬上他家所处
的楼层时,他短暂地因愧疚而抽泣,然后感到无力,这说明他的
血压升高了。

第二天早晨,当他吃过早饭,像往常一样坐下来,准备挑出
想要看的电视节目并给它们画上标记的时候,圆珠笔惹恼了
他。笔落在纸上的痕迹是棕色的,非常难看。他先是想,这可能
是纸的问题,所以拿过另一份杂志,生气地在纸张边缘使劲地
画圆圈,但圆圈也是棕色的。他意识到,圆珠笔里的墨水因为时
间太长或者其他什么原因变了色。他很生气,因为不得不中断
自己最喜欢的仪式,去找其他的笔来写字。他踱到一个柜子跟

前——他和妻子一辈子收集到的好多笔放在这里。当然其中好多都已经不能用了——墨水干了,笔芯里出现了许多气泡。他在这堆笔里找了一遍,直到拽出了两把,回到了报纸边上,他觉得自己肯定能找到一支正常的、能写出蓝色或黑色字迹的笔,哪怕是红色或者绿色的也好。结果一支也不行。所有的笔写出的字,都是大便一样的颜色,又好像腐烂的叶子、地板光亮剂或是潮湿的铁锈的颜色,令人作呕。年老的 B 先生静静地坐了好一会儿,只有手臂微微颤动。然后他突然站了起来,砰的一声打开了旧壁柜中的酒柜,他的文件都放在那里。他拿起了靠最外边的一封信,又立即放下。这些以及其他所有文件——账单、提示、清单——都是机打文件。直到想方设法从最底下拉出了一个手写信封,他才绝望地看到,墨水的颜色也是棕色的。

他坐在自己最喜欢的电视椅上,伸直了双腿,就这么一动不动地坐着,一边呼吸,一边看着白色的天花板。过了一会儿他才开始产生各种杂念,这些念头在他的脑海里上下翻腾,然后他又把它们从脑袋里赶了出去:

——圆珠笔墨水中大概有一种物质,随着时间的流逝,会失去本身的颜色,然后变成棕色;

——空气中出现了某种毒素,造成墨水变色;

直到最后:

——他的眼睛里出现了某种黄斑或是白内障，所以他看到的颜色变了。

可是天花板依旧是白色的。年老的 B 先生站起身，继续给电视节目做标记——管那笔迹是什么颜色。他选中的节目是《二战之谜》和一部有关行星上的蜜蜂的电影。他曾想有个蜂箱。

接下来邮票也出了问题。某一天，他从信箱取出信件时发现，信封上所有的邮票都是圆形的。这些邮票带着锯齿，色彩斑斓，有一兹罗提①硬币大小。他吓了一跳，一下子燥热起来。他不顾膝盖的疼痛，快速地上了楼，打开房门，鞋都没脱就跑进了那间放着信件的房间。当他看到，所有的信封上，包括旧信封上的邮票都是圆形的时候，他的头开始发晕。

他坐在椅子上，开始在记忆里寻找那些邮票的形状。他又没疯——为什么这些圆形的邮票让他觉得如此荒唐？也许他之前没注意到这些邮票。舌头、胶水的甜味，他把这块纸粘在信封上……有时信很厚，信封鼓鼓的。信封是蓝色的。他先用舌头舔一舔封口的胶，然后用手指紧紧地摁几下，这样信封的口就粘上了。把信封来回掉几个个儿——是的，邮票是正方形的。

---

① 波兰的货币单位。

这是肯定的。可是现在邮票变成圆形的了。这怎么可能？他用手掌遮住了脸，坐在一种平静的空虚中，这空虚就在他眼皮底下，随时都可能出现。然后他去厨房打开购物袋。

女邻居有点忐忑地收下了礼物。她怀疑地看着盒子里精心摆放的丝绸衬衫和毛衣。然而当她看到皮草衣服时，她无法掩饰眼中渴望的光芒。B 先生把它们挂在了门上。

他们在桌旁坐下，吃了块蛋糕并喝了杯茶，这时年老的 B 先生鼓起了勇气：

"斯塔霞女士，"他用一种非常轻微的声音开始谈话。女人抬起目光，好奇地看着他。她生动的棕色眼睛被深深的皱纹包围。"斯塔霞女士，有些事情不太对劲。您告诉我，袜子有接缝吗？从脚趾到松紧口的那种长长的接缝？"

她被这问题问得愣住了，沉默了一会儿，坐在椅子上的身子微微后仰。

"亲爱的，您在说什么？什么有没有接缝？当然有。"

"是不是一直都有？"

"您说'是不是一直'的时候，您在想什么？当然一直都有。"

"斯塔霞女士，那么圆珠笔写的字是什么颜色？"他又问。

她还没来得及回答,他又追问:

"蓝色的,对不对? 从圆珠笔被发明以来,写出的字就是蓝色的。"

笑容慢慢地从女人满是皱纹的脸上消失了。

"您别这么着急。也有红色的和绿色的。"

"是的,但是一般都是蓝色的,对吧?"

"您要不要喝点酒? 来一杯调味酒?"

他想要拒绝,因为他不能喝酒,但是他又认为,情况有点特殊。于是他同意了。

女人走向壁橱,从酒柜里取出了一瓶酒,仔细地倒了两杯。她的手在微微发抖。房间里一切都是白、蓝两色的——蓝条纹的壁纸,白色的沙发罩和蓝色的沙发抱枕。桌上放着一束蓝白相间的假花。调味酒在他们的口腔里散发出甜味,将危险的词句压回他们身体深处。

"请您告诉我,"他小心地开始,"您是否觉得,这世界变了? 就好像……"他在找合适的词儿,"我们抓不住它?"

她似乎放松地又笑了起来。

"当然,亲爱的,您说的对极了。时光催人,所以会这样。就是说,时间本身并不着急,只是我们不再思考,无法像以前那样抓住时光。"

他无奈地摇了摇头,表示不理解。

"我们就像旧的沙漏一样,您知道吧亲爱的? 我读到过。在这样的沙漏中,沙粒因为经常被倒来倒去而变圆,它们被打磨,这时沙粒就会流动得更快。旧的沙漏总是会快。您知道吗? 就像我们的神经系统一样,也已经疲惫不堪,您知道,它累了,刺激飞向它时就像穿过有漏洞的筛子,这就是为什么我们觉得时间流逝得更快了。"

"其他东西呢?"

"什么其他东西?"

"您知道……"他想编个托词,却什么也没想出来,于是直截了当地说,"您听说过长方形的邮票吗?"

"有意思。"她回答,又给他们倒了一杯酒。

"没有,从没听说过。"

"或带有壶嘴的酒杯。哦,看吧,就像这里的。之前它们从来没有……"

"但是……"她刚开始说,就被他打断了。

"……要么是向左旋转打开的罐子,要么是时钟上本来指着十二点钟的地方现在显示为零,哦,还有……"他气得说不出话。

她坐在对面,双手交叉放在穿了裙子的膝盖上,突然放弃了争论,礼貌而端正,仿佛失去了一切力量。只有微微皱眉的额头表明她这个姿势有点难受。她紧张、失望地望着年老的邻居。

晚上,他像往常一样躺到了妻子的床上,从她的葬礼之后,他一直在这张床上睡觉。他把被子拉到鼻子底下,仰卧在黑暗中,听着自己的心跳。他无法入睡,于是起身把妻子的粉红色睡衣从壁橱里拉了出来。他把它抱在胸前,从喉咙里发出了一小段抽泣声。睡衣帮了他的忙,他睡着了,然后一切都停止了。

拜　访

"把我关掉吧",她求我,"我很累。"

她坐在自己的床上,膝盖上放着一本旧书。看得出来,她并没有在读。我在她身边坐下,觉得有些替她难过。看着她驼背瘦削,肩胛骨微微凸起,我本能地直起了腰。她的两鬓已生出不少白发,耳边有些暗疮。她伸手挠了挠。我本能地把手抬到了耳边。莱娜从耳朵上取下一对小小的珍珠耳环,递到我的手里,我把它们装进了口袋。我产生了一种奇怪的、不舒服的,却又难以言说的感觉,仿佛什么东西坏掉了需要修理。我用手搂住她的腰,把头放在她的肩膀上,然后关掉了她。我尽量轻手轻脚,完成了这一切。

莱娜是不久前最后一个来到我们家的,所以我们每个人都可以关掉她。不过一般都是我去睡觉的时候来做这件事。今天我想,她的确太累了,所以可以早点关掉她,让她放松一下。她一整天都在打扫,抓柜子里的飞蛾,后来还跟出版社的人吵了一架。她还缴纳了我们的税款,还得把我们最近一次旅行的照片打印出来。缴税的时候出了些问题——我不知道具体是什么,我也没问,假装根本没管这事儿。只有真正要我做决定的时候,我才会理会这些事。

早晨,我听到她在厨房里唱歌。每天清晨她都会自动开机。热吐司片从烤面包机中弹出的声音提醒我们,该起床啦。可每次当我下楼,想要跟她一起唱的时候,她就安静了。那是一首非常老的流行歌曲,歌词反反复复就那么几句,词意早已脱离了本身。

阿尔玛从花园里摘来了一些萝卜缨子,然后静静地坐在了桌边。她的手像往常一样,又脏,又粗糙,这个画面总让我觉得难受。我总以为,她的工作没有太大用处,这样的萝卜缨子完全能买得到,我可以把她也关掉。但是阿尔玛的存在神奇地平衡着我们的生活,也正因如此,我才能忍受地板上的泥土和毛巾上的脏污。关掉阿尔玛——这想法太愚蠢了,我自己都笑了起来。阿尔玛很少注意到我,这次却问:

"今天一整天都干啥了?你在家里转来转去,无所事事。"——她气呼呼地揪下一根萝卜缨子上的叶子。我被噎了一下。我在干啥？我在干啥?！我假装这个问题根本与我无关，把手藏在口袋里，因为它们在哆嗦。我在干啥？我在画画，写作，尊贵的小姐。我在思考，分析，命名。我干得少吗？我挣钱。我养活你们。我们就靠着我想出来的各种独一无二的故事过活。所以我必须得睡觉和做梦。在道德层面上，靠谎言和幻想为生值得商榷，但人类干的好多事儿比这还糟糕。我一直就是个撒谎大师，现在我以此为业。我甚至可以说，别相信我想出来的那些东西。别相信我。但是我画出来的故事表现了真实世界，所以也是一种真实。首先我得有自由的头脑。但我没说，什么也没说。我给自己倒了一杯莱娜为早餐准备的蔬菜汁，上了楼。阿尔玛还嘟囔了些什么，然后回去继续摘萝卜缨子。我要是像她那么大大咧咧，我就会告诉她我对她的工作的想法——她干的那些事儿完全没用。

透过儿童房虚掩的门，我看到法尼娅正在给三岁的孩子喂奶。我的腹部和胸部传来一阵难以描述的甜蜜的无力感，仿佛身体的边缘在婴孩的小嘴触碰到的乳头那里完全消失了。仿佛我的身体里出现了一个和外部世界联通的出口。

我们有个儿子。我们想要他有深色皮肤和亚洲人的面部线条。这并不容易，因为最近这种混血小孩特别受欢迎，不过最终我们还是如愿了。哈利姆漂亮又聪明。因为他的出生，我们迎来了法尼娅，现在我们一共有四个人：阿尔玛、莱娜、法尼娅和我。可以说，在我们这个同性家庭中，每个人都幸福而满足，而"四"是一个对称、稳定的数字。

有时我想，我们就像是老式电风扇的那四片扇叶，围绕着一个中心旋转，我们为自己争取空间，将时光的纷繁整理清晰。我们围绕着一个轨道运行，一个接着一个，实现着一切存在的可能性。"把它记下来！"我对自己说——我有这样的习惯，把每一段思想都带回卡槽，然后把它们转换为图像。现在也是，我的想象中出现了风扇，我本应马上跑到我的房间，桌上摊放着纸张、图画和素描的房间。可是我满脑袋都是一个恼人的想法，恨不得立刻丢掉或者扔给别人的想法，让人嫌恶的想法：上午新邻居要来喝咖啡。

陌生人要来到家里面。陌生的眼睛，陌生的气味，留在绵软地毯上的陌生的脚印。他会把来源不明的微生物带到我们家。他有陌生的音色，男性的、低沉的、颤抖的，盖过周遭一切的声音。我们既不缺朋友，也不缺娱乐。晚上我们玩卡纳斯塔纸牌，看老电影，然后一边喝红酒，一边聊电影，在原本类似的观点中找些微不足道的差异。木棍游戏也很不错。我们喜欢这些不用战略战术，单靠运气的游戏。大家围在一堆交织在一起的木棍上面,头碰头,过了一会儿,在我们灵巧的手指下,乱七八糟的木棍变得整齐起来。我们真不需要其他的什么人做伴。

结果现在新邻居要来。他不久前刚搬来,想结交新朋友。

孩子哭了起来,哭声执拗而尖锐,一直钻到人的脑袋里。"哄哄他!"我对法尼娅吼道。今天上午是没法工作了,虽然我还有好多幅画要完成。

阿尔玛生气了,法尼娅也不高兴——一天都被浪费掉了。她们在门口铺上了地毯,好让客人擦擦脏鞋底。她们给马桶里放了香氛块,以防客人万一要用洗手间。她们还准备了茶杯和小碟子,考虑着是给客人端糕点还是红酒。法尼娅在花瓶里插上了花。也不知他会待多久。请他坐在长条沙发上,还是在窗户对面放个单人沙发,以便我们能看清楚他?很长时间没有人拜访过我们了,我们也不记得他们都长啥模样了。当一个人每天都看着自己那张一成不变的脸,看到不同的面孔时就会感到不安。而所有不一样的,就是丑陋的,没用的,奇怪的。

客人说,他会带一个和他一模一样的同伴一起来。于是我们决定,也结对出场——当然就是我和莱娜。法尼娅要忙着带孩子,阿尔玛今天一天都在和绿蝇做斗争。

"让他在园子里坐坐如何?"阿尔玛突然问。莱娜饶有趣味地抬起眼皮看向她:"天气晴好,百花开放。"

我想,她是想在客人面前炫耀她种的花,我们的夸赞对她来说不太够。我看向窗外。牡丹开得正艳,盛放的花朵随风轻轻摇曳——要不是听不到花朵的歌声,你会以为它们在合唱。

"为什么不呢?"我一边说一边看向她。我想看到她的快乐。她能提出这一点是多好的一件事!她不必问我们的。我飞快地看她的脸,与她的目光在空中相遇,又迅速收回。

对称性心理学的头号原则是不要长时间对视。可以扫视、打量、凝视,但是不要对视。这会让我们死机。"爱工"是会死机的。所以订购"爱工"或者"女爱工"前,我们都得练习不看对方的眼睛说话。这是基本原则。我们从没遇到过,不过我听说,有一个"爱工"组进行"对视"试验,结果所有"爱工"都死机了。后来得给他们全部解锁重启,可花了不少钱。

我总是对自己的作品感到羞愧,一种令人疲惫的自相矛盾的感觉——我既想让世人看到我的画,又不希望别人看到。我对画作下面配的文字从不满意。即便有时候满意,也只是一小会儿。第二天再看这些字句就会觉得满是错误。我更爱看自己的画作。无论语言多么发达,我们的大脑还是将其转化为了图画。图画在我们的经验流中化作巨浪,而文字只能算作潺潺溪流。许多大作家都深知这一点,所以都把一些精细的描写加在画作上,比如"她说着,眼中怒火熊熊",或者"他窝在蓝色沙发里冷淡地答道"。语言、词语只有在画作前面才有力量。我画很多作品,也写不少文字,一天到晚,不发一言,听到的是楼下的家人发出的声音:哈利姆的小脚丫子跑来跑去,锅子和锅盖叮咣碰撞,吸尘器呜呜工作,过堂风把阳台门吹关上。这些声音让我平静,手上的动作更加坚定。我为孩子们创作,因为只有他们才真的会去阅读。大人们因为害怕说话而羞愧,通过给儿女们买书来获得心理补偿。我的画是静止的,就像很久以前一样。我给童话故事画插图,用水彩画,用非常耗时的、人们很少使用的技巧,还特别容易把手弄脏。每次哈利姆看到我沾满颜料的手都笑得很开心,说我像只奶牛。我必须骄傲地说,我创作的童话卖得不错,所以我们才养得起"爱工"。又因为"爱工"的存在,我才能写作、绘画和生活。这是个重要的组合:创作和生活。其他的我也不需要。

这个时候我应该坐在画作前,最近几个月我一直在作画。但是因为有客人要来,我无法集中注意力。我听到莱娜在楼下收快递,是她采购的东西——一大包卫生纸、卫生巾、厨房纸、桶装水和食物。我们是一家人,总是买一大堆食物。还好我们的口味接近,只是偶尔想吃不一样的东西。现在法尼娅吃的和我们不太一样——她还在哺乳。她喝很多奶茶，因为阿尔玛在哪儿看到，说以前人们认为奶茶是催乳的饮料。我和莱娜觉得，她不该再哺乳了，但是她一定是觉得这样她才重要——对此我一点也不觉得奇怪，毕竟她就是一个带孩子的机器人。早晚她会失去存在的必要，到时就得对她进行转型，或者彻底把她关掉。阿尔玛只吃肉。她认为自己干的是体力活，所以必须吃肉，她就信这样的迷信。经过多次讨论，我们买了个恒温箱，放在了冰箱和烤箱旁边。恒温箱的架子上长肉。我们在产品目录上点开相应的栏目，就可以下订单。在邮局付款之后，种肉用的肉种就会被邮寄到家。

每当阿尔玛烤猪排或者牛腩的时候，家里就飘着一股奇怪的味道——很香，又有点恶心。

我无法专心工作，于是又下了楼。

"他说他们来两个人？"我问正弯腰往蛋糕上撒果仁的莱娜。"帮我把烤箱开到220度。"我照做了。过了一会儿，当我给自己倒了杯咖啡的时候，蛋糕自动滑到了烤箱中间。

"是的，他说来两个人。"她答道。

"我很好奇。"

"我可没有。"

我们之间的交谈总是很短。跟"爱工"的对话从来就不带感情。有时候,比如和法尼娅,我还没开始想该说些什么的时候,就已经打算离开了。可总有些事情是需要商量的,因为有二号原则。

二号原则就是礼仪。谁和谁见面,这是规定好的。所有的社交活动从不能单独进行。一般每一方都要有两三个"爱工"参加。会见性质越私密,参加的"爱工"数量就越少。不过约会就还是单独行动。没办法。所以约会总是特殊事件。我还没有这样的经验。光是想一想要跟一个陌生人单独地面对面,我就开始觉得不安。去警察局、去医院的时候,"爱工家庭"全体出动。

所以如果他说了"两个人",那就是两个人。那就知道怎么准备餐具了。莱娜看了我一眼,问道:

"你来准备?"

十二点钟的时候,两个一模一样的人——两个穿着一样衣服的男人准时站到了门口。我们俩立刻觉得可笑。这个秃顶的男人五十上下,大腹便便,水汪汪的蓝眼睛上架着一副老式眼镜。他手里端着一盘水果,一看就是转基因的异域果子,名字谁也记不住了。另一个人也一样。我们肯定不会吃的。

我们异口同声地说了句"你好"。莱娜换了件干净的上衣，上面再没有面粉和果汁渍。我披了条流苏披肩，一口气喝掉了一杯红酒来壮胆。我总会在自己房间放一瓶红酒。他踩着刚铺好的地毯走到园子里。坐在了牡丹花对面的沙发椅上。

"噢，这花可真美。"他们两人同时说。

我们坐在了背对着花园的长条沙发上。确切地说，我坐了下来，而莱娜去拿咖啡和糕点。我真诚地看向他们，谨慎地，让自己的目光轮流照顾到两位男士。三号原则说的就是，我们永远不能把"爱工"分出个优劣高低，一定要对他们一视同仁，消除一切地位上的差别。也就是说，要让人们分不出谁是阿尔法，谁是普通的"爱工"。

"我们种花。"我含糊地说道。红酒令我比平时勇敢。

坐在陌生人面前吃东西真不是什么愉悦的事儿。我以前准备过一个问题库，专门应对这样的场合，不过因为他们是邻居，所以我的题库又丰富了些，诸如：

"你喜欢周边环境吗?"

"你是从哪儿搬来的?"

"你有花园吗?"

这些就是我们想到的所有问题。

四号原则常说，不要打听"爱工家庭"中的"爱工"数量，这种问题会让人觉得你在探听对方的财产状况，而这是不礼貌的。诚然，"爱工"越多，说明这人越有钱，但事实也并不总是如此。有些有钱人开始回归自然，限制"爱工"的数量，回归到自己更为健康的、小团体式的生活中。最理想化的生活就是独居，但我不认识任何一个如此超级自我的人。

邻居坐得拘谨，问题也答得含糊。看得出来，他们不自信，对这样的拜访也不觉得自在。他们的呼吸有点呼噜呼噜的声音，所以我突然想到问问他们是不是过敏。结果我问对了，话题开始转向食物过敏。他说他对所有的谷物、巧克力、坚果和奶制品过敏。我眼角余光看到莱娜在门口停住了，手里端着巧克力坚果蛋糕，是她特意为这次会面准备的。她退回了厨房。过了一会她带着萝卜缨子回来，坐在了我的旁边。

他们两人都吃了点萝卜缨子，然后我们聊了一会儿孩子。他对我们有孩子这件事非常感兴趣，甚至四处张望，仿佛希望能看到正在某个角落玩耍或是藏在桌下的孩子。

我看着邻居们白色的皮肤和他们额头上渗出的细密汗珠，浅色、稀疏的头发在他们发红的脸周围形成一个不算完美的光环。他们戴着一样的金丝边眼镜，扶眼镜的动作也毫无二致。

我在想，我可以把他画下来，放在我的书里，让他做一个仁慈的巫师，总是搞错咒语，变出来的东西从来不是自己想要的。

我把这个想法记了下来。

现在他开始发问。他问我们在哪里购物。我还没来得及回答,不同寻常的事情发生了——阿尔玛端着一盘她自己种的新鲜葡萄走了进来,这葡萄她平时都不让我们吃。同时手里还拿了瓶雷司令白葡萄酒。她一言不发地把这些都放在桌子上,然后坐在了空着的椅子上。莱娜觉得面子上过不去,立刻出去了。她不想出现对方只有两个人,而我们这边有三个人在场的局面。客人们也觉得局促不安。阿尔玛二话没说摆好了杯子,冲着我笑,完全无视我责备的目光。我的眼神明确地告诉她:"亲爱的,不能这么做。"

"你是做什么工作的?"她一边倒酒一边大咧咧地问,"加冰吗?"

中午喝酒!直接问工作!两个人的脸都红了起来,红晕爬上他们圆圆的、有些下垂的脸颊,有那么几十秒钟,那红晕就像一坨令人不悦的红斑停在脸上。

我看到,左边的男人如何试图把手放到右边男人的手上,仿佛这样就能给他些安慰,但最终他们的手并没有成功接触。

"嗯……"左边的那位开始回答,"我们是搞精算的。"

这听起来很普通。空气凝固了下来。

"你呢?"过了一会他问我。另一个人为了保持对称看向了阿尔玛。阿尔玛脱下鞋,把腿盘在椅子上。这太失礼了!

"我们就是一个最普通的家庭。"

"我知道,你们有个小孩。"右边的男人说道,"我能看看他吗?"

我垂下眼睛,但阿尔玛一点没因为客人的无礼生气。

"他叫哈利姆。三岁。"

两个人看上去都对这回答颇为赞赏。

"我们也想要个孩子。我们已经通过了考试,正在准备儿童房。"他们说。看得出来,我们触碰到了真正打动他们的东西。

"是南边的那间房吗?"阿尔玛问道。她又往酒杯里倒了些酒,尽管他们还没喝完。

"不,我们想用西边的那间,这样早上他就可以不受打扰地睡觉了。"

我没法集中注意力谈话,一直在观察阿尔玛和她那奇怪的行为。我也在用眼角余光观察客人。他们放松了下来,但还是不该过早地相信陌生人。左边的那位说,他在大公司工作,他的电脑必须有特殊的冷却系统。右边的又说,他们工作的环境是绝缘的,所以我们不必担心辐射。有一瞬间我们觉得话题非常投机。这一定是得益于阿尔玛的无礼或者酒精的作用。今天的我们已经很难找到愿意谈话的对象了。其他人都很无聊,他们对你所熟知的东西不甚了解,而如果他们知道些你不知道的事儿,你又没什么兴趣,因为反正与你无关……过了一会儿,谈话又停住了。我悄悄地打了个哈欠,他可能注意到了。他们开始坐立不安。左边的男人又问起孩子,问他们能不能看看他。没等阿尔玛反应并做出什么蠢事,我说:

"他这时候在睡觉。"

"当然,当然……我们也不能把他给吵醒了。那可太不礼貌了。对小朋友也不好。"他们俩交替地打着圆场。

可以感觉到,拜访接近尾声。阿尔玛把脚从屁股底下伸出来,我突然发现,她的袜子上有个大洞,大脚趾都漏了出来。客人也看到了——两个人的脸又红了起来。"我们该回去了。"他战战兢兢地说着,两人站了起来。

我感到一阵难以言说的轻松。我们四个人相互鞠躬致礼,然后邻居出去了。法尼娅和怒气冲冲的莱娜立刻跑了过来。我们默不作声地看着两个一模一样的人消失在角落里。"他们想看孩子!"我气鼓鼓地叫道。然后我们一边想一边自言自语。"第一次见面就这么无礼!""多不像话啊,你们看到了吗?""他那秃头真可笑。他肯定收集各种唱片,然后穿绳子挂在天花板上。""计算能力!我们就相信他好了。""他挣着国家发的工资,啥也不干,无所事事。""我倒是想知道,他说想要孩子是真是假。"只有阿尔玛什么也没说。她走到厨房,直接就着烤盘把蛋糕吃掉了。用手。

接下来的日子里我们过得很好,按着自己的方式。阿尔玛在园子里干活,晚上喝红酒,看些种植物的旧杂志。她睡得很晚,拨弄拨弄旧吉他,留下一堆乱七八糟的东西。莱娜依旧在厨房里忙活,抱怨自己活儿太多,再也不想做饭了,还想再要个"爱工"。但是她做的饭是世界上最好吃的。法尼娅照顾着三岁孩童——陪他玩,教导他,带他散步,下午我们会在客厅和她一起陪小朋友玩。那是我们一天中最幸福的时刻——我们是真正的相亲相爱的一家人。孩子还没学会区分我们。他像依赖法尼娅一样黏着我们,想要吃我们的奶。我对身体瞬间的反应感到羞赧,那是我的身体,我们的身体——突然的拥抱,丧失边缘,好像我们是一个个细胞,随时可以融为一个有机体。我们把孩子放在我们中间,四个一模一样的女人弯腰看着他。笑容温暖,完美和谐。把这幅画面记下来,我对自己说,把它完完整整地记住,然后画出来,透过铅笔、钢笔的笔尖把它留在纸上。于是我就这么做了,我先画了画,然后写下了故事。这也许就是下一个作品。

在这些日子里我还写了另外的故事。我一刻不停地干,一天工作十几个小时,但非常快乐。我完成了几十幅图画,配着简洁的文字。画上有一个大大的蜗牛壳,弯弯曲曲通向内部。壳的里面是一个王国。王国越美好幸福,主人公就进入得越深。这螺旋无穷无尽,一圈又一圈,而住在里面的东西越来越小,却越来越完美。深入前行的进程永无止境。世界就是这样的壳,透过时间向前爬行,就像是在一个巨大的蜗牛上爬行。

当我结束了创作,阿尔玛走了过来,仔细地、默不作声地看着每一幅画。我知道她很满意。她拥抱了我,我感受到了她的感动和爱。我们以同一个节奏呼吸,我听到了,我们的身体的声音。我感到无比幸福。

"亲爱的",她说,"现在我把你关掉。你必须休息了,直到开启下一个任务。我们会想念你的。"

我在她的指下感受到了完成任务的满足。

真实的故事

　　女人坐自动扶梯下来后就跌倒在了大理石地板上,脑袋撞上了雕塑的基座。那个雕塑是一个站在坚固底座上的女工人——应该是个纺织女工,手上拿着纺锤。

　　教授当时就在下降的扶梯上,看到了意外发生的全过程。人群中出现了一丝轻微的波动,两三个离女人最近的人低下身子看了看她,不过很快,大家就随着急匆匆的人流奔向了车厢。可以说,人流无视躺在地上的女人,顺着既定的轨道向前。他们的脚巧妙地避开了女人的身体,只是有时某人会因棉大衣碰到她而绊一下。教授走到女人的身边,蹲了下去,想迅速确定她的病情,就像所有不是医生的人一样。然而这并不容易,因为她的脸有一半被衣服帽子遮住了,这帽子在不断地渗出鲜血。她裹着抹布一样又脏又旧的外套,好像一个松松垮垮的绷带缠在身上。被血弄脏的棕色半裙下,露出被厚厚的、肉色连裤袜包裹的双腿和已经穿破的鞋。棕色的风衣没有扣子,用一条皮带束了起来——仿佛在过夏天。教授把她的风帽解开。她抬头看向他,沾满血污的脸因疼痛而扭曲。她费劲地呼吸着,嘴唇在蠕动——上面有好些混着鲜血的伤痕。

"救命!"教授惊慌地喊道,同时把自己的西装脱下来,垫在她的头下。他试着回忆,"救命"这个词在这个国家该怎么说,但是大脑一片空白,哪怕"你好,最近怎么样?"这种在飞机上练习过的话也记不得了。"Hilfe,help!"他试着用各个语言版本叫着,无比惊慌。躺着的女人头下面不断流血,可人流巧妙地绕过她,甚至形成了一条特有的路线。血泊越来越大,越来越可怕,女人受伤严重的身体突然使他想起了梅尔基奥尔·德·宏德柯特的画像。那是一幅静物画,用自然主义的手法呈现了一只被猎杀的兔子的尸体。

教授前天来到了这座寒冷、多风、遥远的城市参加学术研讨会,他在会上做了个讲座。这会儿他刚刚结束了独自漫步,返回酒店,预备出席将要在那儿举行的研讨会闭幕晚宴。这次会议的主题是理科科学同文学艺术之间的关系,教授的演讲主要探讨消费蛋白质对色彩感知的影响。他在发言中举例说明,荷兰绘画艺术的繁荣与奶牛养殖的发展和乳制品类高蛋白食品消费的激增密切相关。奶酪中所含有的氨基酸,会影响与色觉相关的某些大脑结构的发育。演讲得到了听众的热烈响应,可以说是激情回应。在丰盛的午宴上,他继续和人们讨论着幻觉主义绘画。之后,他喝了咖啡,决定独自一人去市中心呼吸点新鲜空气,看看这座大都市的生活。他没和其他人一起去参观博物馆,那地方他以前已经去过了。

教授走得不紧不慢,拉长了自己本就较大的步幅——他是个瘦高的男人。天气突然暖和起来,蜜色的太阳从云层后面探出了头,他脱下外套,将它随便地甩在肩上。街上一下子冒出了很多人,他们惊喜于天气的突然好转,纷纷出来散步。路边店铺橱窗里的名牌商品吸引了人们的目光。它们被摆放在那儿,就像艺术品一样,透着一股风趣又讨好的意味。大大的橱窗转移了人们看向那些色彩明艳的建筑外墙的目光。古老的步行街更像是一个秀场,置身其中的人们终于可以好好打量自己,看看自己是否处在人群中恰当的位置,并确保自己与世界融洽相处。人们在别的地方买东西,在比较远的大型购物中心,但是我们的教授并没有去那里。他和其他人一样,对自己感到满意,对自己来到这座城市满意,对自己的演讲、天气,甚至这座昨天还觉得没有人情味、令人厌恶的城市感到满意。当他的肾上腺素水平下降时,他觉得自己圆满地完成了任务,令人愉悦的温暖散布在他整个身体上——他享受着阳光,对路人微笑,相信这里没有人认识他,他可以做任何事情,虽然他没有什么特别的打算,但这让他感到自在。很快,他就会回到酒店,在一个安全的内部空间里吃点美味的东西,再喝点这里的人开怀畅饮的冰伏特加。想到这些,他就觉得快乐。

他特意不坐出租车,决定沿着宽阔的主路朝地铁的方向走。路上车流量很大,常常堵车。不时有闪烁着蓝色警灯的车辆在车流间穿梭。教授匀步走着,感受着在不通风的房间里坐了很长时间后运动的乐趣。太阳慷慨地散发着温暖——他穿着一件白衬衫,扎了一条妻子为他挑选的有点古怪的领带。他感到轻松愉快,虽然希望散步时呼吸点新鲜空气的愿望落了空。汽车废气在空气中盘旋,直往稀稀拉拉的路人的鼻子里钻。教授注意到,其中一个长着亚洲面孔的人戴了白色口罩。

他沿着这条繁忙的街道左侧走了大约一公里,这时他从地图上看到自己必须到马路的另一边去。于是他打量了一下,看看有没有斑马线,然而它并没有出现在他的视野中。然后他想,在如此繁忙的马路上一定有条地下通道,可是也没有。他已经在考虑,是不是在车流中出现一个较大的空隙时冲过马路,这时他想起了一次在喝咖啡时听到的故事。几年前一位德国的博士生参加一个类似的会议，抱着德国人那种对既定秩序的信心，试图当绿灯亮起时在人行道上过马路，结果被飞奔而过的汽车撞死了。

于是他放弃了这个打算，耐心地继续前行，直到走了大约两公里后，终于看到了通向地下通道的楼梯，然后他顺着这条路到了街道的另一侧。这边更安静、温馨、僻静。他看着匆匆而过的人。他们看上去疲倦、匆忙、迷茫。他们拎着大塑料袋，欧芹的一头从袋子里伸了出来，还有成熟的大葱，扎成一把，像个硬硬的扫帚。过了一会儿他看到了这些物品的来源——旁边小广场上有一个集市，人们在那里卖些蔬菜、水果和廉价的中国商品。他只看到一个不那么急匆匆的人。在喷泉边墙那儿，有两个专心下棋的老人。商店的橱窗看上去很惨淡，价签上用厚重的水笔写着价格。他试着将它们换算成他更为熟悉的货币，但越算越糊涂。直到最后他发现，这样算来算去也没什么用，反正他没打算买任何东西。他已经在酒店的商店里给妻子买了条琥珀手链。他肯定买贵了，但那手链看上去太美了，以至于他丝毫没有犹豫。现在能找到入眼的东西太难了。今天的我们购物更像是在垃圾桶里找宝贝。

太阳开始慢慢地西沉，晚霞突然间布满街道。房屋的外墙被染上了红色,每个最乏味的细节都在一种令人不安的棕色阴影中丰富起来,那阴影像是用妻子的烟熏眼线笔画出来的一样。突然之间,一切似乎都充满了意义和隐蔽的迹象,就像他最近研究的亨里·梅特·德·布莱斯的绘画①。令他非常高兴的是,他发现自己正处于这座城市中对旅客更加友善的地方,咖啡馆将桌椅摆在了外面,还搭起了条纹图案的凉棚。

他放松地坐在其中一张桌子旁,点了一杯白兰地和一杯咖啡。离宴会开始还有不少时间,他很高兴能一个人待一会儿,稍微远离一下各种语言混杂的研讨会和不断出现的问题——"我是在哪儿见过这张脸?"白兰地很棒。红色的阳光落在教授的脸上,柔软,和缓,带着轻微的暖意。如果这阳光能喝,应该是野玫瑰酒的味道。犹豫了一下后,这位教授又要了一杯白兰地和一包香烟,尽管他已经很久没抽过烟了。可现在他觉得时间倒流了。他感觉自己处在一个陌生的空间,所做的一切都没有后果,没有任何原因会导致结果,一切都奇迹般地静止在某处——这一刻的精髓只有最伟大的诗人才能表达,这一刻的色彩只有天才画家才描绘得出来。他做不到这一切,他只是一个普通的、体面的、受过良好教育的人。他只能享受这一刻,沉浸

①　比利时画家,1510—1560,北方文艺复兴与风格主义绘画的代表画家。

在这种巨大而难以想象的信任感中。当他意识到自己应该返回时，天已经黑了。太阳突然落山，沉没在拥有数千扇窗户的巨大建筑物的轮廓里。他意识到，如果继续走，他就赶不上晚宴了，所以他直接去了最近的地铁站。他花了点时间研究复杂的地铁线路图，最终发现自己离酒店只有两站路程。他在自动售票机上买了票，过了一会儿便进入了疲累又沉默的下班回家的人群中。没有人看着谁，机械模糊的报站声他听不懂，也懒得去理解。他环顾了四周一会儿，判断现在应该往哪个方向走，然后犹豫了一下，跟随人群走向入口。还是这群人，热情，看起来很友善，簇拥着他进入了一个似乎无限长的自动扶梯，然后稳步滑下，地下有很多巨型的、粗大的大理石人像雕塑，代表了不同的职业，他吓了一跳。他想起酒店的床上放着妻子为他准备好的干净的衬衫，这让他松了一口气。

就在扶梯下到一半时，他看见那个女人摔倒了，甚至听到了她的头撞上雕塑基座的闷响。现在，他跪着，试着轻轻地抬起她的头，把卷起来的外套放在她的头下面。

"救命，救命！"他再次向人群叫喊，只看得到他们的脚和肚子，"叫救护车！"

一个被大人拉着手的小孩越过大人的胳膊看向他，然后马上被拽走了。他抓住一个男人的衣角，可那男人巧妙地绕了过去。

"救命!"教授绝望地叫喊。

人群在他们的上方来回移动,十分恼火,仿佛教授和受害人做了什么离经叛道的事,比如让太阳围着地球转。女人突然开始发抖,于是他抱她抱得更紧,怕她就要死了。他的白色亚麻衬衫被鲜血浸透,还有他的手和脸。

"警察!"他下定决心大喊,这句处处引人注意的话总算让一个男人停了下来,然后又有一个。他们只是站在那里,什么也不做,带着一副猜不透的表情打量着眼前的情况。

"警察,警察!"他又向人群叫喊,可人群看起来很着急,而且更焦虑了。教授明白过来,现在看起来就像他谋杀了这个女人。他试着站起来,向后退,这时又有人推了他一下,他直直地摔在了深色的血泊里。

至少有几个人已经看向这边,这时有两个警察从某个地方开始向教授和女人冲过来。他们的警服上套着反光马甲,以一种不真实的方式反射荧光——他们简直就是天使,教授这么想着。女人不动了。他站起来,意识到自己被鲜血染红了,满怀希望地望着法律的捍卫者。但是他们面色凶狠——盯着他,完全忽视了那个女人。他立即明白过来,警察把他当成肇事者了。很显然他想对了,因为其中一名警察抓住了他的手,捏得他生疼,然后把他的手反剪到背后。面对这种误会,教授愤怒地叫喊。奇怪的是,他们根本没有注意伤者,而是要求他交出证件,他用手势解释了一会儿,说证件在女人头下面的西装里。他用手指着她——被他放开的女人的头就直接躺在地上,西装没了踪影。这时,三个强壮的护工抬着担架从外面挤了进来。教授看到了他们的光头和厚实的背。警察不由自主地松开了手,看着护工把人群推到一边,试图打开担架。但人群还是拥了过来。正因如此,穿着血腥衬衫的手臂从警察的铁腕上滑了下来。教授被护工推开,他退后一步,转过身,在莫名袭来的恐慌下逃跑。

一开始,他在地下站台上来回乱窜,然后顺着另外一条扶梯往外跑,他三步并作两步,把身边的人群左右推开,人们看到他那副模样都觉得恶心可怖。人人都怕血,觉得恐惧。一看到血人们就变了脸色,忘了自己的血液就藏在柔软敏感的皮肤下的静脉里。教授惊骇地意识到,这血对他可能是致命的。他不知道关于这个女人的任何事。她可能是个妓女,也可能是个瘾君子,她深色的血液里可能聚集着上百万的艾滋病毒,现在正通过一些微小的伤口渗入自己的机体之中。他想起来,今早剪指甲的时候曾经弄破了大拇指。他看了一眼那个部位,上面沾满了血……他冲上楼梯,女人们见到他纷纷尖叫,退到墙边,男人们倒是乐意抓住他,用自己的手段惩罚他,但他们害怕接触到他。他飞快地奔向地铁出口,站在外面时,第一个念头就是尽快把自己洗干净,哪怕是在路上遇到的第一个喷泉里。他站在广场上,慌张地四下张望。他想到了地铁里的洗手间,但给多少钱他也不想再回到那地方了。他试图快速确定自己的位置,越过一排建筑物的屋顶看到了他下榻的酒店的尖顶轮廓,深深地松了口气。他毫不犹豫地朝着那个方向奔去,几乎是张开双臂跑着,就像儿童剧中的幽灵。

天已经黑了。为了到达酒店,他不得不越过另一条繁忙的街道。他知道距离下一个人行道还有一段距离,于是他做出了一个疯狂的尝试——利用堵车造成的车流变缓的空当冲过去。他等了一个合适的时机,直直地奔向那些飞速转动的车轮,这些车要么停了下来,要么试着绕过他开走,气愤地按着喇叭。教授向他们挥舞着沾满血腥的双手,这激起了司机们更大的怒火。其中一位开黑色路虎的司机显然比其他人反应快,当教授经过他时,乘客一侧的车门突然打开,将教授一下子撞到了一边。他摔倒了,但立即试图站起来,因为他意识到了死亡的威胁。汽车纷纷放慢了速度,绕开一个艰难地站起来的浑身血腥的男子,车上的司机不停地鸣笛和咒骂。就在他不知所措的时候,已经跑到了马路的另一边,他想,他得救了。再通过一个大广场就能到酒店了,于是他高兴地跑了起来,然而这时发现自己丢了一只鞋,一定是刚刚被路虎车门撞倒时摔掉的。他跛着一只鞋,担心地想,这可怎么去参加晚宴啊。他可没有带备用的鞋子。好吧,他得去买双新鞋。而且宴会可能已经开始了。没办法,要迟到了。等他到的时候,致辞肯定已经结束了。

跛着一只鞋,教授走到了酒店的玻璃门前,然而一个膀大腰圆的壮汉拦住了他的去路,是一个穿着可笑的军服一样制服的门卫。他见过教授几次,今天早上还见过,但是显然他没认出来。教授没打算后退。他解释自己住在1138房间,是来参加研讨会的。门卫因教授流利的英语而尴尬,犹豫了一下,还是坚决要求他出示护照。这时教授才惊慌地意识到他没有外套,也就没有护照。为以防万一,他把手伸进裤子的口袋,先是后袋,然后是两个前兜,可是只找到了一把当地的硬币、一张地铁票和一盒打开了的柠檬味儿口香糖。门卫讽刺地看着他,脸上露出满足的笑容。他抓住教授的脖子,就像抓一个小偷,教授的两只脚乱蹬着,被扔到了广场上,屁股上还被狠狠地踢了一脚,以至于跌倒在地,很长时间都爬不起来。

疼痛、屈辱和无助让他的眼睛充满泪水——无法停止抽泣。他已经好多年没哭过了,已经忘了它可以带来怎样的轻松感。他一边哭,一边平静了下来——好像在泪海上漂泊的小船驶到了岸边,然后晃动着停下来。他停靠在一个全新的、意外的情况面前,出现了一片未知的陆地。他必须自己想办法。

他坐在黑暗中——广场上一片黑暗,就像这座城市中所有未被完全照亮的一切——思索着现在能做什么。如果他的西装没丢,就可以打电话,可是现在电话和护照以及信用卡都丢了。他决定去到酒店的另一侧,他推测从那边可以进入到宴会厅。在那里就能够通知他的朋友。他们中的有些人一直抽烟,肯定会到某个天台、阳台或者花园里去抽烟……于是他再次出发,仔细看着酒店亮着灯光的窗户。整个酒店的一层除了大堂几乎都被餐厅、酒吧和会议厅占据,但是大部分窗户是黑着的。在他的左侧,他看到了一群年轻人聚在为数不多的亮着的灯下。他们相互叫着,好像是在玩什么游戏。他站住了,不想暴露自己,悄没声地顺着墙根继续向前移动。就这样走到了酒店的另一侧,看到了餐厅被灯光照亮的巨大的玻璃幕墙。

晚宴就在这个餐厅里进行着。他激动得差点又一次哭了出来。他站在墙根下,什么都看不见。可如果退后一些,退到广场深处,就能看到更多。那里长满了多刺的蔷薇,朵朵盛放,散发出一种独特的混合了蜂蜜和酸腐味道的气息。教授被那种气味包裹着,从远处看到一幅真实的图画,画框就是酒店垂直的、玻璃外墙的线条。衣着优雅的人们围在又高又窄的桌子旁,桌上铺着白色的桌布。他们边吃边聊——头探向对方,然后又向后仰,发出笑声。他们的手碰着对方的肩膀,友善地拍打。穿着燕尾服的服务生敏捷而苗条,一手托着装满酒饮的盘子,一手藏在背后,在桌子之间盘旋。这幅色彩柔和的画面看起来蕴含了老彼得·勃鲁盖尔的现代极简主义的意蕴:忙着永远忙不完的琐事的人们,各种露天的表演,浮于表面的节日……教授近乎绝望地寻找着熟悉的人,但他不确定这是否就是他要参加的那个宴会——这家酒店很大,肯定可以同时举行许多他参加的这种会议。

他又移动了一下,以便能看到那些离开桌子的人要去哪里。他们消失了片刻,再次出现的时候是在一个带有玻璃外墙的酒店一角的房间里,那是一个看上去有点像水族馆的吸烟室。他看到了 G 教授,他是研究二十世纪欧洲理想化和非理想化绘画的专家。尽管有时他们意见相左,但现在能看到他令教授非常高兴。这是几小时以来他看到的第一张熟悉面孔。尽管从站立的地方看不到,但他知道 G 教授这会儿正抽着雪茄。他只能看到 G 教授用力挥动的手,和微微后仰的头,那是他在吐出烟气。他得快点儿,雪茄可不是抽不完的。于是他趿拉着鞋,迅速地朝那个方向走去,站在了吸烟室前面,希望自己能被他注意到,但这没用——他太低了。他不得不再次回到广场。当他终于到达了一个相对合适的位置,G 教授熄灭了他的雪茄,然后以友善的姿态搂了一下朋友的背部,转身离开。绝望的教授随手捡起一块小石头,用力地朝着玻璃房子扔过去。然而距离太远了。愤怒而坚决的教授决定再试试通过大门进入酒店,可这次他连酒店前的广场都没走到。那个门卫正忙着向一位衣着华贵、珠光宝气、穿着恨天高的高跟鞋的贵妇打招呼,根本没看他。可早于他就已经有两个腰佩武器的保安出手了——其中一个把他的手臂扭起来(他感觉自己听到了骨头的咯吱声),然后立刻嫌恶地把他推开。教授摔倒在地,冲进了蔷薇丛中。他意识到,现在必须不惜一切代价把这件染血的衬衫脱掉,并且把自己洗洗干净。他从灌木丛中看到,那两个保安嫌弃地把手上的血擦掉——他觉得地铁里那个女人身上带着的任何东西现在都已进入了自己的身体。他用还算干净的一段袖口擦了擦嘴和眼睛周围。他想起来,早上从酒店窗户里看到了一个喷泉。他决定找到它。

　　教授仔细地辨认了一下自己所处的位置,想出了个到达喷泉的办法。这并不容易,因为他必须穿过一片被灯光照亮的区域,那是水柱射灯发出的光,而且还要从一群在石墙上玩跳棋或者其他什么简单游戏的可疑人群旁边跑过去。但是,必须要采取行动了。他把脱下的衬衫塞进灌木丛里。很冷,他的背上立刻起了一片鸡皮疙瘩。他躲在阴影里,手脚并用地爬向喷泉,直到接近被灯光照亮的区域的边缘时,他犹豫了起来。他把头伸进光亮,发现并不会被注意到。于是他紧张地跳了起来,几秒钟内就到达了喷泉。他跳入了水中,水的冰冷令他几乎停止了呼吸。他开始疯狂地洗去已经凝固的血液,用手指擦洗他半裸的身体,最后脱下把水染成红色的裤子。有节奏地跳入天空的水流变了颜色,在颇富设计感的灯光照耀下发出紫色的光芒。湿淋淋的裸体男人看到他痛恨的保安从远处朝他跑过来,他还看到玩游戏的人们扔下手中的玩意儿向他走来。他张开双手——他想大叫,让叫声到达灯火通明的酒店。但是,冻得发紧的喉咙只发得出吱吱咯咯的声音。可他仍以为自己是在尖叫,以为那清晰而强烈的尖叫声能从建筑的数千扇窗户里进出,飞入这座大城市上方昏黄的天空中,让一切回归秩序。

这时,酒店保安抓住了他,把他从水里拉出来,狠狠地教训他。玩游戏的人们紧接着跑了过来——他们忍不住使劲踢着这个冻僵了的、裸露着的身体。而他甚至没有呻吟,只是无声地打着牙战。人们讨论了一会儿,然后抓着他的手臂,把他拖到了该去的地方。

心　脏

M 夫妇比平时提早结束假期回来。他看上去很累,甚至有些病态。长期以来他一直抱怨心脏不舒服,恐怕只是靠着各种食疗来维持生命,这些食谱一会儿不让他吃这个,一会儿又不让吃那个,据说是遵从了营养学家的一系列理论,这些理论越来越大胆地涉及进化史、社会阶层理论、精神分析等等。但其实,M 先生能活着首先得益于妻子强大的护理能力。

她是个理发师,但不是造型师、设计师,更不是"头发诊所"或"发型工厂"的老板。不,她只做洗剪吹和染色这些事。她曾在市中心的一家知名理发店工作,有自己的回头客。然而,每年的十一月到次年四月,她都要离开几个月。那时,M 夫妇就会拉上公寓里的窗帘,然后去亚洲旅行。M 先生身材肥壮,不过脸色有些苍白,他曾经拥有一个很大的运营良好的汽车修理厂,但是心脏病发作后就无法继续经营了,于是卖掉了生意,把钱做了很好的投资——就像邻居们所说——靠利息生活。M夫妇认为,亚洲的生活成本较低,而在欧洲过冬,又贵又压抑。

"过冬天,您知道吗,"M夫人不止一次一边给老客户细软的头发上抹染发剂,一边说,"在欧洲过冬天就得严严实实地把自己关在屋子里。这时节只有那些维护设备和检修电器的人还工作,不过他们也只使出五分力。"

应该承认,这是一种看待世界的方法。

人们对他们这种生活方式和所有的旅行有些嫉妒,但是因为大家并不会每天见到他们,所以很快就把他们忘了,再说,人们从来就不愿去想那些过得好的人。到了十二月初,当人们从储藏室里取出人造的圣诞树并给它装饰上彩灯的时候,就没人记得M夫妇了。

这次,他们在泰国普吉岛的某个地方租了一个小平房,那房子的墙壁千疮百孔,淋浴也生了水锈。还好他们带了酒精炉和便携式冰箱,过着永恒的游客生活,就像日常生活一样无聊。他们将笔记本电脑连上网络,检查账户余额和股票价格,并时刻确保健康保险没有过期。他们对政治、文化都不感兴趣,也不去电影院或剧院,当然,他们在 YouTube 上看些节目,或者漫不经心地参观一些当地的博物馆。他们在图书漂流网上看书,看完后立刻换其他书接着看,却从未对任何词语、风格或叙事着迷。

可惜,M 先生的心脏每况愈下——医生甚至使用了"悲惨的"这个词——夫妻两人都意识到,他们的生活将不得不改变。因此,去年冬天他们没有去普吉岛或斯里兰卡,也没有去像红菜汤一样便宜的印度尼西亚,而是乘飞机去了一个他们不愿透露名字的地方。他们预付了一部分钱,用于支付在中国南方一家现代化无菌医院的住院费用,M 先生可以在那里得到一个新的心脏。

这心脏来得非常及时,组织顺应性极佳,手术大获成功。那个旧的、欧洲人的心脏在医院的火葬场被焚化,尽管 M 先生的妻子有一瞬间想着把它留下来并带回家。M 先生想起来,他应该问问新心脏是谁捐的,那个人又发生了什么事。是的,他本该问问的,但他不记得自己是不是问过,或者他们有没有提到过捐献者。这个话题好像是被提起过,但后来又有些什么别的事插了进来。也许他根本不想问关于捐献者的事,也许在这家医院里问这种事会招人侧目。再说,也不能对他要求过多,他毕竟是个病人。他很难受,头晕,总是焦虑地去听他的新心脏的跳动。他觉得那心脏跟以前的不太一样，好像跳得更费力，像在奔跑，又像在逃跑。

欧洲的春天和波浪一样，层层推进。它先是在意大利南部和西班牙萌芽，然后悄悄地向北移动，不知道它走哪条路，怎么走。三月它已经到达法国南部和希腊，四月来到瑞士和巴尔干半岛，五月在德国和中欧盛放，直到六月初最终到达斯堪的纳维亚半岛。

M 先生恢复得不错，只是仍需节省体力。而当他走上属于自己的、欧洲的城市街头，他戴上了白色的口罩。正在愈合的伤口像崭新的幸福生活的草图，像微微凸出的浮雕，暂时停在身体做成的纸上。他有一种奇怪的悬空感，就像小时候，他周围的空间还没有被意义填满，每件事都是唯一的、不可重复的。比如一群鸽子从草坪上飞起来，飞到建筑物的后面，飞向其他的广场。它们的翅膀带起空气的流动，尘埃升起又落下，就像一群士兵，过早地被征召去打仗，又突然被遣散回家。M 先生现在把这一切都看作某种标志。

他走在街上，完全融入了这城市的风景。世界像一件剪裁精良的西装一样包裹着他，这西装仿佛量身定制，无比舒适。M先生无意于使用那些曲高和寡的精美词汇，一辈子和机器打交道的他思想精确而务实,所以他不言"幸福",只说"满意"。

虽然一切进展顺利,但手术过了一段时间后,M 先生开始睡不好觉。夜里,他总是处于一种半梦半醒的状态,好像躺在一块充斥着奇怪的图像、幻想,遥远而模糊的声音的黏稠的果冻里。这一切让他陷入恐惧——更糟的是,他在那样的梦境中动弹不得。白天,那种恐惧藏在了被子里,从那里看向 M 先生,监视着他。到了晚上——一切照旧,直到天明……当灰色的晨光照进来,他在半明半暗的房间里伸出手举到眼前,开始思考人为什么有五个手指而不是六个或者四个。这世上为什么总有人什么都缺,而另一些人努力地"断舍离"?为什么童年那么长,以至于后面没有足够的时间成熟,反思,在错误中成长?人们为什么做事总是事与愿违?当然,他并没有找到这些问题的答案。

很难说从何时起,又是因为什么,他的内心突然爆发出以前从未有过的愿望。有好多时候,他有一种说"我想"的需要。一种比其他任何东西都强烈的想法充斥他的大脑,就像时钟的指针,跟随着一种内在的力量前进,任何外力都无法阻止它,除了妻子的安抚、一种叫作阿普唑仑的药和偶尔能够获得的睡眠。"我想"像个抓手,毫无征兆地抓住一些思想。或者想法。

或者事物。比如,他突然对色彩产生了渴望,而且完全不知道如何满足这猝不及防的饥渴。他买了本马克·罗斯科的画册,在他们小区那间装饰简约的书店里他只找到了这个。画册上的作品无法令他满足。他的目光在图画光亮的表面上逡巡而过,然后不安地飞向了天空的方向。他还给妻子买了色彩艳丽的裙子,可他觉得裙子在妻子身上也显得平淡无奇。其实他很想穿上那裙子。是的,他对自己承认,他宁愿自己穿。他也想要宁静——还要有一点这宁静中的不确定的那么一点声响,来凸显这份宁静,可他自己也不知道这玩意该叫什么。

八月,他们已经确定这个冬天要去泰国,那个温和的佛教王国,那个让他们联想起甜美丝滑的椰奶的地方。他们已经订好了机票和一个小别墅,这次的条件好些,房子里有浴室和小厨房。不过他们还没开始打包行李,一般都是出发前一天才做这个;把想带的东西放进两个大背包和两个手提行李箱——好像面包配黄油。

然而九月初,M先生“我要”的感觉越来越强烈,从那时起,他就坐在电脑屏幕前,不停地搜索着关于中国的信息。

几天后,他们已经到了遥远的中国南方,那里处处尘烟弥漫。从摆放着上世纪的厚重家具的酒店窗户向外眺望,他们看到了这里的世界——太阳艰难地从模糊的地平线上升起,在重度污染的空气中蹒跚向上。数百人骑着自行车在宽大畅通的道路上前行。他们的脸看上去都一个样。他们从随处可见的一栋栋矮小的、分散的板房里出来,身上裹着双层的蓝灰色的外套,一言不发地向着远处山脉的方向行去。

M 夫妇租了一辆旧车,还请了一个导游兼翻译——刘小姐,她总是拿着一个塑料袋,带着一副难以捉摸的表情,给 M 夫妇提供语言服务。她带他们参观这个一成不变的地方为数不多的古迹,背诵导游词,念文物上的说明,比如:"正如过度的幸福感预示着疯狂的开端,安全感会带来失败的快速打击。"①这些文字大部分会让 M 先生觉得害怕——它们触及了生活的方方面面,没什么能被隐藏。刘小姐还用流利的英语给他们讲为人熟知的佛教故事。她总是流鼻涕,所以一直在擤鼻子,弄得鼻子红红的,似乎在提醒人们,有些东西平凡而琐碎,与神秘的禅宗和绝对的业力无法相提并论。

旅行的第一天,他们去了一个佛寺,除了知道它很古老,值得一看,就再也找不到更多的信息了。那里有一个宣纸作坊,制作精美的字画。尽管如此,寺庙看起来还是空空荡荡,破败不

① 波兰裔英国作家康拉德在《海洋之镜》中的话。

堪。只有几个男人转来转去,不过肯定不是僧侣,因为他们穿着灰色的外套,和这里的其他人一样。

"很久很久以前,"刘小姐说道,"在这个庙里住着一个和尚,他是一个很有教养、非常智慧的人。"

她用纸巾擦了擦鼻子,看向他们,好像在祈求慈悲。

"他姓姚。据说他可以穿越时间,看到轮回。一次远游时,他停下来休息,看到了一个女人,把她的孩子抱在胸前吃鱼,她小心翼翼地把鱼肉从鱼骨上取下来吃掉,然后把剩下的骨头扔给了一只流浪狗。饥饿瘦弱的小狗被突如其来的慷慨鼓励,变得越来越贪婪,这时那个女人就把它踢走了。看到这里,姓姚的和尚突然大笑起来。同行的徒弟们惊讶地看着他。'师父,你为什么笑?这没什么好笑的啊。''是的,你们是对的,我的徒弟们。'姓姚的和尚回答,但止不住笑,'你们见过谁一边吃父亲的身体一边踢自己的妈妈?啃父亲的骨头,同时给死敌喂奶?轮回真是可悲又残酷的现象。'"

刘小姐讲完了这个故事,就像孩子背诵了一首在学校学来的诗歌一样骄傲。然后她看向他们,不确定他们是不是听懂了。显然她陪同游客的经验不佳。他们笑了笑,若有所思地点了点头。这让她心安了不少。过了一会儿她告诉他们,该吃午饭了。

他们去了一个当地的小饭馆,沉默的老板给他们在阔大的饭店里安排了一个角落里的座位。他们随便吃了些入口滑溜溜的菜,大约是加了土豆淀粉和味精。M 先生有些虚弱,他还没倒过来时差——一直试着适应这种肤浅的时空,这种状态一直环绕着他们,让他们在旅行中不舒服。他仍然不明白,为什么他的"我想"把他带到了这个地方。

突然,什么东西把他从沉思中拉了出来。M 先生没来由地向导游小姐问起这里的监狱:"这附近有没有什么监狱……"刘小姐很意外,盯着他薄薄的嘴唇看了好半天。

"您想参观监狱?"她带着一种恶意的嘲讽问道,她的声音中透出一种深深的失望。

第二天她没有再出现。

"我们干吗要来这儿?"M 夫人抱怨,"这儿又冷又破。"

M 先生不知如何回答。他感觉他在到处搜索,期待着一阵风吹来,将无处不在的灰尘吹走,改变些什么。第三天,他们在时断时续的网上查到了一条关于一个曾经很有名、如今却被遗忘了的寺庙的信息。M 先生不确定自己要做什么,想去哪里,不过第四天他又感到了那个"我想"。那个感觉从内心深处迸发出来,激起他的不安。那感觉在说:"快点,加油,行动起来。"那感觉如鲠在喉,不过他还是把那句"行动起来干什么"咽了回去。然后,M 夫妇收拾行装,义无反顾地向着寺庙的方向进发。

他们沿着崎岖不平的道路行驶。一路上风景变换,不变的只有锡顶的房子、随便建造的仓库和千篇一律的车站。绞合在一起的电缆线沿着道路延伸,将一幢幢房屋连成网络,走得越高,缆线就越细。到了最后,就只有一条摇摇欲坠的电线沿着唯一的山路通向山上。在某个时刻,路和电缆都到了尽头——这时就得越过小溪流。过去之后,有几座房子,屋顶装饰精美,还带着一个个小钟楼,其中一个钟楼上没挂钟,却悬挂着一个大铜锣。他们下了车。风中有一股不知哪来的烟,带着几乎感觉不到化学燃烧后的气味。寺庙就在这里。在满地碎石的停车场里只有一辆当地牌照的汽车,他们把车停在旁边,不太确定地走向主建筑。

很快他们发现,这里没人能给他们做向导。也许旅游季节有游客和信众,可是现在显然太冷了。只有一棵树——很大,是他们在中国见过的最大的树——长在庭院的正中;树龄已逾百年,也算是个奇迹。那是一棵日本银杏,叶茂根深,十分雄伟。

他们试着和一个老人用手势交流,那人对他们没什么兴趣,立刻走开了,不过过了一会儿又带着另外一个年轻的、穿着制服的人出现了。那是一个年轻的士兵,看上去不超过 17 岁,有着一张光滑的脸和一双银杏般的柔和的眼睛,充满了孩子气。

"可以翻译,"他指着自己,用磕磕巴巴的英语说。"带

去……大师,庙……很老,噢,多老啊。这树也很神圣。僧侣们
用他们自己制作的东西给树浇水。"他胆子大起来,露出了长在
长长的、闪着光的牙龈上的小小的牙齿。"你们知道的。"他开
始模仿小便的声音。

原来,不远处驻扎着一支部队,寺庙和他们做点生意,比如
送点什么,转交点什么……老年男子说,士兵也可以当翻译。现
在他站在一边,时不时地跟年轻小兵说几句中国话。他们了解
到,这座寺庙里一共有十六名僧侣和一个很有名的弥勒佛雕
塑,就放在最大的殿宇里。要去到那里,必须先经过一些小的殿
宇。于是他们沿着石头台阶往上走,经过一座又一座殿宇。他
们在一座座神像前去除鞋履,赞叹不已,不过不理解看到的那
些器物、经幡和金色红色相间的香纸的意义,那上面的字看起
来像一个个巨大的、被挤扁了的蜘蛛。这一路走了很久,因为本
应给他们当翻译的小战士沉默的时候比说话的时候多,他在自
己贫瘠的字典里寻找合适的词儿。而且,他一路不停地松鞋带、
系鞋带,在一个和另一个殿宇之间穿着不系鞋带的鞋子走路,
哪怕就那么几十米,也不符合中国军人的作风。鞋带必须是系
得好好的,完美无瑕的。他们非常包容地理解了这种做法,几次
之后就记住了他那优秀的鞋带穿鞋洞的方法。

当他们终于到达了最后一个,也是最大的一个殿宇时,天

色已经暗了下来。漆成红色的大殿内部和他们想象的不太一样。基座上坐着一个木刻的金色的塑像,在烟熏火燎中多处都变成了红色,一点都不像他们一路上已经看惯了的佛像。他看上去并不是一个大笑着的、粗放的、大大咧咧的胖子,而是一个苗条的雌雄同体的人,右脚随意地跷在左膝上,左腿从基座上耷下来。他没有像其他的雕塑那样目视前方,仿佛要接上某个信众的目光,而是眼睛向下看着自己脚前面的位置。他用右手肘支着右膝,把头放在右手掌上,神情专注。他们有种感觉,仿佛自己在某个沉思的时候遇到了菩萨,就是等待某种东西的时刻——等公共汽车,抑或是下一个能实现彻底重生的劫难。站在他们身边的士兵叹了口气说:

“他会到来。未来。美好的未来,当他来的时候。”

M 夫人问那是什么时候,这时士兵做出一个表情,毫无疑问,他看起来好久好久都无法理解这句话。

他们点了香,深深地鞠了一躬。

小战士正在系鞋带的时候,老年男子又出现了,然后将他们带到了寺庙的上面,在那里,透过稀疏的灌木能够看到一些不起眼的木制建筑。小战士慢慢地跟在他们后面。“那是个什么大师?”M 先生想要知道,不过没法得到答案。“他的眼睛长在头上。”他们偶然请来的翻译只是这样重复,神秘地点着头。

一个身材消瘦的短发男人接待了他们。这个人头发花白，身穿深灰色的双层外套和灰色的、阔大的裤子。眼明心亮的 M 夫人送给他一盒比利时巧克力，这礼物让主人分外高兴。两个男人交谈了几句——M 先生当然什么都没有听懂，不过毫无疑问，他们在谈论 M 夫妇。他们在一个简陋的小木屋前坐下，这里有一个用木板搭成的门廊。地面上用石头垒了一个小炉灶，上面架着一口暗红色的大锅，发出滋滋的声音。主人把开水倒进一个有些破损的茶壶，泡起了茶，然后满意地笑了。他对小战士说了些什么，然后对 M 夫妇说道：

"你们可以问了。我准备好了。"

他们不懂。

"我们该问什么？"

"想问什么就问什么。你们应该有什么问题吧？这里可以提问。他什么都知道，什么都可以给你们解释。"

M 夫妇相互看了看。她的眼神透露着鼓励，希望他来发问，因为是他想要来这儿的，而他的脑海里出现了一个最简单的问题：他会死吗？这是世界上最蠢的问题，所以他没问。他开始生自己的气，因为他把他的笔记、想法，那些不确定、那些夜里不断困扰他的想法都忘了。这时他的妻子出声了，她问那个泡茶的人，他是谁。小战士满意地将这个问题翻译了过去，那个

人立刻笑了起来,给火加了些煤块,说了些什么,看起来比一般的回答要长一些。过了一会儿小战士翻译道:

"普通人,眼睛长在头顶上。和尚。说,和尚的眼睛在头上,没有话可说。没有时间。很少时间。"

M 先生整理了一下思绪,问出了他的第一个问题。他想起了更多的问题。

"这世界上为什么什么都缺? 为什么做不到按需所得?"

小战士聚精会神地看着他,M 先生感觉到,他身上有种不情愿。然后他开始对和尚说着些什么。和尚拨弄着一根棍子,把烧成灰的煤块拨到两边。他用平静的声音说了几句话,然后用顶端泛着火光的棍子在空中画了一个圆圈。

"疼",小战士翻译道,"每个人都让别人疼痛,每个存在都让其他的存在疼痛。"

这时,他突然停住,目不转睛地盯着 M 先生和他的妻子,仿佛希望他们一定要懂得这个简单的问题。

"什么也没有。"M 先生无力地补充。

和尚点了点头,然后笑了。

"谁给我捐赠了心脏?"M 先生问。

"心脏?"小战士追问,不明白他想说什么。

M 先生指了指自己的胸部。

"那个给我捐献心脏的人，可能是这里的人。是人们把他的心脏取出来的吗？我应该做些什么？"他觉得他不用再多做解释了，反正那个和尚什么都知道。

小战士突然激动起来，对和尚说了些什么，和尚扬起了眉毛。他还指了指自己的心脏，眼神突然变得充满怀疑。他沉默了一会儿，给他们倒了几杯苦涩的草药茶。然后他开始讲话，不过没留翻译的时间。他说啊说，好像在诵读些什么，好像被茶壶迷住——这里很安静，似乎一切都应保持静止不动，几乎不能呼吸，以便听到每个词语的声音。过了一会儿，M 先生放松了下来。和尚的声音令他安宁。那个小战士烦躁不安，显然对于他们忽略自己的工作感到不自在。他甚至试着小心地打断老和尚，但他挥挥手阻止了他，就像在驱赶讨厌的苍蝇。也许他认为中文的旋律会激发旅行者从未使用过的大脑中的新的连接，会激发一些冲动，从而使翻译变得无关紧要。既然我们都有佛性……但是 M 夫妇什么也没听懂。无助的小战士耸了耸肩，然后开始整理他军靴上的鞋带。

老和尚说完了，炉灶上的炭火黯淡下去，变成了血红的颜色。

"很晚了，我们该走了。"M 夫人说。她意识到，不会再发生什么了。

她站了起来，她的丈夫不情愿地跟着她走了。

他们在黑暗中下山，慢慢地顺着小路下坡，路上的泥湿滑软腻。

他们付给小战士的钱超过了他的预期，他非常感动地致谢，但是对自己的翻译很不满意，甚至有点羞愧。

当天晚上他们打包了行李，沉默着。夜里，M 先生又做起了噩梦，他躺在酒店的暖气房间里，空气憋闷，唯一的救星就是看着室内的黑暗。第二天早上，他们出发去了机场，接下来去了这个季节他们该去的地方——泰国。剩下的冬天，他们过得相对安静，和人群一起待在海滩上，在互联网上查询自己的账户余额。春天，他们回到了欧洲，继续认真对待自己的生活。

变形中心

　　驶离休息站的时候，自动汽车问了她几个程式化的问题——包括是否想听音乐，听什么样的音乐，车内温度要升高还是降低，要不要给空气中加点什么味道。它还说，旅行服务包括指定话题陪聊，然后用一成不变的声音开始列举这些话题："人工授精医疗保险的业务范围""高收益投资——格陵兰房地产市场""从互惠体系向垄断体系过渡，成本和利润""婴儿设计如何成为进化的一部分""健康——人类学——发展前景"……

　　"不了，谢谢。"她一边说，一边为了肯定重复道，"不了，不用。"

　　这下耳根终于清净了。不过在这一瞬间，她产生了一种非理性的感觉，仿佛失望的自动汽车从喉咙里发出了咕咕的声音。直到现在,它一直依据卫星指令匀速、稳定、几乎无声地运行着,从不违规超车,也不做任何危险动作。它预测人行道上的行人轨迹,通过大量传感器监测动物运动,哪怕是突然跑到车轮下面的动物,它也能监测到。女人蜷缩在角落里,用外套盖住身体,尽管她一点也不觉得冷。

她做了一个梦:

"你看。"她的姐姐说。

她们站在老房子的水池前,正值某个节日期间,她们在做饭。

她看着自己的双手,惊慌地发现,这双手在自来水的水流下消失了。双手一边洗着碗,一边就化了,如同冰砌的一般。

"你看,"她一边说,一边把两个没了手的手腕抬到眼前,"我不再需要它们了。"

她梦到了她的姐姐蕾娜塔。此刻,她正坐车去找她。

中心离机场很远,路上花了三个小时。自动汽车沿着越来越窄的道路前行,路边有很多黄红相间的大牌子,上面写着"TF"两个字母。F比T略高一点儿,两个字母连在一起,被设计成一个像楼梯一样的标志,通向上方——去到变形中心,如同抵达一片福地。还有些移动广告牌展示着令人惊叹的野生自然图景,增加了这种有些神秘的象征主义的意味。她冷冷地看着这些,并没有什么特别的感觉。由于某些原因,她对城市给予人们的东西更加关注——完全按照人类理智和规模,规划出来的安全活动空间。

等待她的是一栋木头房子,里面有四间卧室和一个超大的起居室,和她夏天租给家人的一模一样。入口处的摄像头仔细地看了她的脸,然后大门就无声地打开了,自动汽车驶了进去。她下了车,取出小行李箱,汽车礼貌地向她道谢,然后消失。有那么一瞬间,她觉得有点不好意思,因为她拒绝同自动汽车进行任何交流,睡了一路。当然这只是个愚蠢的感觉,就像所有的网络表情包一样。

房间是精心准备过的:床已铺好,桌子也铺上了桌布,冰箱里装满了食物,毛巾洗得干干净净,还有正在播放的古典音乐和附有公司赠言的一瓶红酒。她做的第一件事就是——给自己倒了一杯酒。

木制露台临湖而建,面向平静的湖面和黑暗的水平线。其他的木制平房隐藏在树丛之间,显得寂静而昏暗。她看到一栋房子旁边停着辆汽车,车里的灯亮着。姐姐今晚不会孤单了。后面远一些的地方,在森林深处的某个地方,现出了中心一栋栋建筑的外形。这些房子的玻璃外墙通过光学设计,使得建筑看起来比实际上更醒目。周遭很安静,空气中弥漫着苔藓、松针、菌丝体和树脂的气味,很难相信这不是一所偏僻的脱瘾医院,而是世界级的大型跨医学中心。

自从几个月前最后一次见面,她就再也不能和蕾娜塔联系了,尽管姐姐就在变形中心的某个地方,就在建筑群的外墙后面。她以为自己可能再也认不出她了。这是一种非常不好的感觉——她曾想要竭尽所能地帮助姐姐,现在却不得不停止行动。上一回,这里的人们教她以一种不理性的感情来工作,假装自己面对的是些表情包。就像那句烂熟于心的咒语:情感总是真实的,不真实的可能是引发情感的原因。虚假原因引发的情感同真实原因引发的情感一样强烈,所以常常具有欺骗性。而我们要做的,就是去体验它。

时至正午,探视时间到了。她有点冷,向大楼走去。她沿着深灰色的玻璃墙走着,树林里的一切都被玻璃墙反射到了天空上。她在找一些门窗,或者一些形状,但是所有的东西看起来都是不透明的,非常光滑,好像是从同一个模子里铸造出来的。这里没有正门,也看不到里边。

她来到一堵垂直的黑墙前面,说了声:“我来了。”她在那儿站了一会儿,给大楼一点时间来观察和识别她。“我看见你了。”变形中心的巨型大楼说道,然后就让她进去了。

崔教授把姐姐带到了这里，也是他负责为姐姐做的变形手术。他是个比较中性的人，苗条，又很健壮。他跑下楼梯，向她走来，温柔地笑了，就像面对一个女性朋友。他穿着一件黑色紧身运动衫，戴着一顶帽子，盖住了额头。她以为崔是个女人——袖子上的全息摄影徽章写着的"崔博士"没法让她确定性别。很多像崔这样的富人都是如此——他们关注自己和自己的身体，从出生起就很完美，几乎每一个细节都经过了精心设计。他们很聪明，对自己的优势很清楚。崔应该被称为"它"，但是在她最经常使用的、在家里说的语言里，这个"它"听起来很奇怪。因为几百年来，无性的"它"指代的都不是人，而是非人类的东西，仿佛人类生而必须处于性别的两极之上。所以之前她就已经决定把崔视为"他"。这有助于她与他保持距离。她不喜欢完全信任某个人。

"你没睡多长时间。"他关心道。

她看了他好一会儿，突然觉得自己根本不想跟他说话。她这会儿最想做的就是一言不发地扭头走掉。她本来是想说点什么的，算是打招呼吧。但她的喉咙发紧，发不出一点儿声音。她的眼里满含泪水。他仔细地看着她。

"难过是一种奇怪的、毫无理性的情感，"他说，"什么都改变不了。也无法抹去什么。它属于无效、无用的感情，没任何好处。"

他有一双漆黑透亮的眼睛和一张比例完美的脸。看起来他是一个知识渊博却不张扬的人。慧黠,敏锐,又很有同理心。

"我们出去走走?"他的头转向树林和湖的方向。

墙打开了,他们走到了通向针叶林的露台上。她听话地跟在他的身后,向湖那边走去。她从口袋里拿出一张照片,一言不发地递给了他。照片上,她和姐姐坐在木栅栏上,自行车靠在一边。那是四十五年前的暑假,她们去乡下的舅舅家度假。作为姐姐,蕾娜塔教她骑自行车。那时她 7 岁,蕾娜塔 13 岁。她们俩都望着镜头,就好像在看向未来,直视着看照片的人。

崔认真地看了看照片。她觉得他被感动了。

"很多人都把照片带在身边,"他说,"这是一种试图理解原因的尝试,对吗? 你在寻找原因,这是可以理解的。你觉得自己是有过错的。"

"一直以来,她给我们的感觉都是一个典型的、按部就班的'乖乖女'。"

"我们这里有心理师,如果你想要的话。"

"不,"她说,"我不需要。"

水流将他们的谈话带到了湖对岸人迹罕至的森林深处,那所谓的"中心"。她还记得童年时代,人们称其为"自然保护区",还为这个名称争论不休。

"那儿有什么?"过了一会儿,她问。她想过很多次,这个人是不是真的相信他所说所做的一切。他会不会只是一个优秀的销售员,销售变形手术这个新产品。

"一个没有人的野生世界。我们看不到它,因为我们是人。我们主动和那个世界分离开来,如果现在想要回去,就必须做出改变。我们是自己的囚徒。这是一种矛盾,是一种有趣的认识事物的方法,但同时也是一种糟糕的进化论错误:人只看得到自己。"

她突然对他电报式的语言风格感到生气。他用这些简短的句子跟她说话,好像老师对待小孩儿的方式。

"我对这一切实在是不理解。我可以无数次地成为她。用她的眼睛看,用她的大脑思考……"她现在必须控制自己的情绪,因为她开始嘲讽他,"我也不明白,这一切是怎么发生的。怎么能想要这样的东西。"她甚至不知道,这东西叫什么名字,"违反自然。"

她转过头,想要掩饰自己因激愤而流下的泪水,哪怕她意识到自己今天有些反应过度,不该再感情用事。突然,她发现自己听到了他无声的笑。她看起来越来越生气,而他只是咳嗽了一声,点燃了一支电子烟。于是她继续说下去,越说越快,越说越大声：

"我来这儿只是因为，家里面没人愿意管这些事儿。我是她的妹妹。父母都老了，他们不大懂这些。孩子们将她的决定看成疯狂的举动，至少一个孩子是这样想的。她儿子再不过问这一切。我只觉得痛心。我把这个事儿扛在了自己肩上，但是我不理解。说实话，我也不想理解。我不在乎。我来这儿就是为了走个程序。"

她的火气正好给了她力量和信心，但崔大夫，这个高大魁梧的亚洲人，表情神秘而不可捉摸，以一种可以称作高高在上的温柔感看着她。

"你有发怒和失望的权利。你在用这样的方式保护自己。保护你的独立自由。"他继续自以为是地说着，她对他忍无可忍。

"滚开。"她只有嘴唇在动，把头扭向湖那边。她沿着湖岸走去，水面波光粼粼，对面如墙的森林和清澈的天空慢慢地抹去了她的愤怒。她感到一种平静从水面掠过，甚至预感接下来会迎来一种神奇的冷漠，就像她第一次离家出走并决定再也不回来的时候。那时她坐在公共汽车上，对自己说：我不欠任何人任何东西，人要对自己的选择负责。

"人怎么能选择不做自己？"她冲跟着她走在后边的崔说

道,"这是自杀。从某种意义上说,你们是在对她施行安乐死。"

崔抓住了她的手,停了下来。他摘下帽子,这时他的脸看起来更加女性化。阳光下,直升机在他们的头顶掠过。

"西方人认为自己和其他地方的人,和其他生命体截然不同,认为自己是特殊的、悲惨的。他们讨论'被抛境况',谈论绝望、孤独。他们歇斯底里,喜欢自我折磨。但这只是将微小差异变成了宏大戏剧。我们为什么要假设人与世界之间的鸿沟比其他两种现存个体之间的鸿沟更伟大,更重要呢? 你能感觉到这些吗? 为什么你和这个落叶松之间的鸿沟就比这个落叶松和啄木鸟之间的鸿沟更重要?"

"因为我是人。"她不假思索地回答。

他难过地点点头,似乎已经知道,他们是无法相互理解的。

"你记得奥维德吗? 他预见到了这一切。"崔继续说着,他坐在了栏杆上,湖就在他的身后,"蜕变从不基于机体的差异。变形也是一样:它强调的是相似性。从进化的角度来看,我们仍然都是黑猩猩、刺猬和落叶松,这一切就在我们身上。这一切对我们而言都触手可得。我们和它们之间没有什么不可逾越的距离。只有关节和细小的缝隙能将我们区别开来。宇宙是一元的。世界只有一个。"

这一切她都已经听过好多次了,但是这些理论从来就没进入过她的内心。她认为这过于抽象。她宁愿知道,变形手术疼不疼? 姐姐在那里会不会感到孤单? 手术在力场进行是什么意思? 人是否从始至终都有意识? 她还会是她自己吗? 万一她改主意了呢? 到时候怎么办? 她好几次感到恐慌,觉得应该努力救姐姐,把她抢回来,然后关在家里,让她像往常一样,过正常的生活,就像成百上千、上万次活过的那样——每个人都在自己的角落里,在属于自己的地方。半年前,她和姐姐在这儿的公园里道别。平静而具体,几乎没说什么话。蕾娜塔把签满了字和盖满了政府印章的公证书给了她,然后把一条水滴形水晶吊坠项链递到她手里,这是姐姐唯一戴过的首饰。蕾娜塔走向变形中心的时候,手拿吊坠的妹妹突然感到一阵心悸,就像我们意识到某件事情正在不可逆转地发生。她看着她走远,希望她回头,甚至改变主意,然后回来。可是并没有,什么也没有发生——她只看到了她的后背,看到深色大门无声地关上,留下一个黑色的、不透明的平面。

"她一直在这儿吗? 她在哪儿?"

崔用手指了指变形中心的一栋楼。

"是的,她已经完成了。"

虽然之前有过几次交谈,但她不喜欢崔。她知道这个人无法让她高兴,虽然他聪明又温暖,甚至很会照顾人。她本能地感觉到了他的高高在上，不知他究竟在想什么。他复述了一遍小册子中写的内容，好像再找其他办法向她解释整个手术过程也不过是在浪费时间。奥维德的《变形记》就像宾馆里的《圣经》那样放在床边。书本精美，复古风格的装帧，配有插图，看起来像十九世纪的图书——定能激起人们对久远的、自然的、稳定的事物的怀念，能让人安心。她曾多次在小册子中读到，没有一种永久的、同样的物质能充斥世界，而世界是力量和关系相互对抗的源泉。每个个体都有让它存在下去的意志。现实由成千上万相互缠绕成网、彼此叠加的个体意志组成。其中的一些精巧生动，另一些则怠惰认命。在这样的世界里，许多至今尚不可思议的事情成为可能，而各种个体间的界限则是虚妄的。现代医学知道如何克服此等脆弱的界限。

"我们回去吧，"她想要结束这次谈话，"我很冷。"

她感到一种轻微的不悦，轻到如同挠痒一般。他那种颐指气使的挑衅语气惹恼了她，他的无懈可击也让她不高兴。他抱歉地看着她，与她告别，说他晚上会再过来。

她们曾经过着普通人的生活，两个人都是。在幸福的家庭中长大。父母相亲相爱，后来为了彼此都好才不再交流，各自老去。悲欢——均在人间。健康——尚可掌控。孩子，两个女儿——都算成才。姐妹俩相差六岁——这差距不算大,所以她们能在同一个屋檐下生活,但也不算小,因为她们已经不听同样的音乐,也不换穿时髦的衣服。她们之间有着一个无法跨越的空白地带。她们充满爱意地、好奇地打量对方,带着一种很容易被误解为爱情的依赖感,但实际上,她们并没有太多共同之处,各行其是。

她们不是亲姐妹。父母带着各自的孩子结婚——她属于母亲,姐姐属于父亲。她们一开始就明白必须做朋友,因为只有这样她们才能拯救父母。她们有一个共同创建和谐家庭的任务,而且成功了——她们都是有责任感的人。那时她六岁,蕾娜塔十二岁。蕾娜塔的亲生母亲去世太早,以至于她不记得自己的妈妈。正因如此,她立即接受了新妈妈,而且很爱她。况且表示不满也是不应该的。她小一点,因为将要有个姐姐而感到骄傲。她很喜欢她,还有她的书、音乐、风干的青蛙尸体。姐姐参加了同学的生日聚会后晚归,她把她怪怪的样子理解为生病了,后来才知道那是喝多了酒。她记得她在晚上看书,屏幕上的光让她的脸像个面具。

中学毕业后,蕾娜塔立即搬出家门,在大城市里生活了几年,只有圣诞节才回来。她在大学里学习宇宙空间工程,后来发现这个学科与她的愿望不同,根本不需要从家里出来看天。大学毕业后,她将大部分时间都花在了电脑屏幕前,追踪一些图表和数据,然后把自己计算出来的信息添加进去。她挣的工资不低。后来她怀孕了,与一个像她一样沉默的工程师住在了一起。他是一位为遥远国家处理污水的专家,经常出差,不过他们生活得很好,至少从表面上看是这样的。他们在南部买了房子,那里有蜜蜂和一个野生花园。有一次,火灾烧毁了他们的蜂场,他们又把它重新建好。她记得,蕾娜塔曾在电话里哭着说起这些蜜蜂。她不记得她还为其他事儿哭过。同她杂乱无章的生活相比,姐姐的生活似乎是一条笔直的碎石路。她很少去拜访她,只记得她身穿运动服、头戴发带的样子——她喜欢长跑和野外求生,乐此不疲。

她冲了个澡,煮了咖啡,坐在露台的台阶上,再次望向湖面。水波吸引着人的目光,不过也没什么值得特别关注的地方,于是她的思绪不断滑向过去。过去的几个月里,她一直在想,蕾娜塔的生活中有什么转折点、发生变化的标志和首次想到要变形的原因?是因为神经衰弱,还是她所有的亲近之人都不知道的一件事,抑或是一次经历?这是什么时候发生的?她迷失在细碎的回忆中,过去的画面在她的眼前交替闪过。这原因也许就像灰尘一样:单个的粒子是看不见的,但是众多粒子汇集就必然产生尘雾。她想起了一个画面:她们站在镜子前,一边把连衣裙掀到臀部,一边比较她们的腿。她满意地发现自己的腿比姐姐的更长,苗条而匀称。蕾娜塔同意她的看法。然后她们俩在沙发上跳来跳去,只穿着内裤。第二个画面:她们在学校的操场上和其他女孩赛跑,六十米短跑。蕾娜塔没有像其他所有人那样停在终点线,而是绕着整个操场跑了一圈。第三个画面:她们在海边玩,互相把对方埋在沙子里。蕾娜塔在沙子里躺了几乎一天都不想出来,只有呼吸时能看到沙子上有轻微的变化。结果到了晚上,她发现自己的脸都被太阳晒伤了。

究竟是哪个时刻,可以解释现在发生的事?那一定有一个开始,一个变化的种子,一个起点,一个想法,一件伤害到她的事情,或者因为读了某一本书、听了某一首歌曲之后产生了变化。她们相互给对方发送过成千上万首歌曲,尽管知道没有时间把它们都听完。所有的事情,琐碎的场景,在脑海中掠过。父亲曾说,蕾娜塔出生时哭了好长时间,哭得嗓子都发炎了。

确定菜单的时候,是一个和善的男子接待她。他的年纪很难判断,漂亮的砖红色皮肤和白衣服形成了强烈对比。他得给她推荐几道小吃。做这件事的时候他心情不错,仿佛在帮她准备结婚前的单身派对。这种好心情让她不悦。

"这得是葬礼后吃的那种菜。"她不怀好意地说,带着一种愉悦的满足。

他热情地看着她,可她觉得那目光带着几分同情。

"葬礼餐,婚礼……食物总是令人高兴的。"

五颜六色的糕点又大又圆,按照不同的颜色放在不同的托盘上,好像一个个装油漆的盒子。她被这种丰富打动,手指来回移动,想要在粉红和薰衣草紫色的饼干之间,在覆盆子、蓝莓和可可口味的饼干之间做出选择,同时可以选择的还有糕饼上的酱料——绿金色的或者紫红色的。它们看起来非常不天然,像是人工合成的。砖红色皮肤的男人在糕饼上点了点头。

"请您品尝一下。也许味道能帮您做决定。"

"对不起。我从来不知如何做决定。"

他把菜单递到她的面前。

"那只是因为那些东西不重要。当我们真的想要什么的时候,我们就不会怀疑。"

她不确定地点点头,擦了擦鼻子。他把开胃菜的菜单递给她,骄傲地说:

"其实不用我说,这些肉很干净,是我们用自己的孵化器制作的。"

她曾在餐厅门口看到了和实物一样大小的动物纪念碑——牛、猪、鸡、鸭和鹅——这些动物给孵化器提供了组织细胞。她想起了奶牛的名字:阿德拉。她无助地看着一长串菜单,然后看向餐厅老板的脸。他的黑眼睛热情地看着她,带着好奇。

"我能抱抱你吗?"她突然问。

"当然。"他没有表现出丝毫犹豫,就好像这也是菜单里包含的一项服务。

他张开双臂拥抱了她。他的身上有一股织物柔顺剂的味道,极普通的味道。

过了一会儿,他的服务员团队开始在客厅和露台上为小型派对做准备。一盒盒小三明治和沙拉被端上来。灵巧的手指把水果摆到盘子里。

服务员走后,太阳刚好开始落山,她看到了一幅不同寻常的景象——北边森林里茂密的树梢上,闪烁着橙色的光,倒映在湖水中就像一支巨大的烛台。夜幕降临了。她看到黑暗从树的根部、蘑菇丛下面冒出来,好像是从湖水深处冒出来一样。突然,这些形状变得锋利起来,仿佛所有东西都想在消失于黑暗之前再次展示自己的存在。树状的烛灯熄灭了,冷空气突然袭来,预告着夜的到来。于是她穿上外套,朝湖边走去。她的电子烟在黑暗中闪着光——她想,对岸的人一定能看到,看到它到了她的嘴边又回到手上。如果有人在看的话。

男孩打来了电话。家里人都这么叫他,虽然他已经四十多岁了——还是叫他男孩。他是姐姐蕾娜塔的儿子。他口齿不清地说自己不来了，大概是喝醉了。

"别再折磨她，也别折磨我们了。"她小声地回应着他颇具攻击性的胡言乱语，"你这样就像个乱发脾气的小孩儿。你什么也没做过，什么忙也不帮。"她感觉到自己正在失控，愤怒一秒接一秒递增，"你把这一切都扔给我，哪怕你才是她的儿子。我办理了证件，我来这里看她，我和医生们谈话，现在我还得来应付这些见鬼的糕点。你知道吗？你就是个倒霉的小混蛋。"

她摔了电话，结果电话掉进了针叶丛中。

她随便吃了些刚刚送来的食物，然后坐在露台上等着。对岸又粗又黑的水平线吸引了她，可是那边什么也没发生。湖面上的森林倒影像一条锯齿般的线条。她看到两只大鸟在树上盘旋，但很快就消失不见了。

在蕾娜塔的孩子还只有几岁的时候，她去看望过她。那时她就觉得好像她失去了光彩。虽然像平时一样保养得宜，衣饰精致，但紧致的身体稍稍有些发福，脸部线条也不如以往清晰。她已经不跑步了，改成了长时间散步，步伐小而坚定。每次回来时她都大汗淋漓，然后就去冲澡。她从不是个健谈的人，可这次她完全不相信她，也不愿说自己的事。她很少笑，好像已经失去了幽默感。她把所有时间都用来侍弄花草和照顾孩子,男孩和汉娜。她送他们上学,还上一些其他课程。装三明治的小包,装午餐的饭盒,这些东西都得准备妥当,随时可以拿出来用。房子里满是孩子的气息,特别的、黏腻的、憋闷的,像是监狱的气息。房间总是干净的、实用的、明亮的。她的丈夫是个安静沉默的男人,早出晚归,但是看得出来,他们之间的关系很亲密。他们可能有一种属于自己的独特交流方式。当她,妹妹偶尔造访的时候,她们就在下午时分小心翼翼地坐在客厅的浅色沙发上,不让咖啡或茶洒到上面。她们坐在沙发的两个角落,谈论着像电视屏幕下方的滚动新闻那样的日常琐事:汉娜六月要考试,她丈夫的工作合同要他出国工作一段时间,有很多办法可以节省花园中的用水,科学家的最新研究表明尼古丁有益于长寿。她们的谈话飘浮在漫画书里云朵状的对话框里,然后像保证长寿的电子烟的烟雾一样消散。她对蕾娜塔井然有序的生活赞叹不已,甚至有些嫉妒——她的生活一直不稳定,她必须工作,在人群中穿梭——不过当她回到属于自己的混乱中时,才能松一口气。

后来发生了一些事儿。孩子们长大成人,离开了家,而她的丈夫因病去世了。他得了一种可怕的癌症,仿佛冥冥之中有一股神秘的力量对他从未被发现的罪行进行了审判。几年后再

见面,她已经独自生活。她在森林的边上买了一个带菜园的小
房子。一开始在那里种药草,后来园子就荒芜了。她不再保养
自己,也不再染头发,披肩长发变得花白。白头发越多(那时她
还不到四十岁),她的脸色就越暗。她皮肤黝黑,两颊潮红,浅
色的眼睛充满审视和警觉。她移开了视线,仿佛害怕会透过眼
睛看到里面的……什么? 会在那里看到什么?

她们一起度过了两天,做饭,坐在荒芜了的园子里的长椅
上。她感觉姐姐沉浸在自己的思绪中,只有看到自己的狗时,才
会活泛起来。她有三条大狼狗,从未脱离过她的视野。在姐姐
家做客时,这些狗在旁边让她觉得很不自在。它们警惕地看着
她,仿佛能够感知一切微小的变化。

在几乎空着的客厅里挂着一个家用投影仪,给整间屋子打
上了一片柔和的灰色的光。乍看之下,她很难理解这动态的画
面展示了什么。她以为是一个抽象的图形,但走近时,她才看到
了真实的细节。那是俯拍的冬季景色。山丘的北侧被森林所覆
盖,云杉看起来就像乱七八糟地散落在白纸上的一个个逗号。
动物在森林附近的广阔田野中活动。它们顺着森林的边缘,一
只接一只地走着,彼此距离保持一致。这些黑色的像一个模子
刻出来的生物,就像正在寻找更好居住地的印第安部落。一串
动物从屏幕框中走出去,并再次出现在屏幕的另一侧。如此

往复。

"这是两群狼,为了过冬而聚在一起。"蕾娜塔说着,从后面走了过来,出乎意料地把头放在了她的肩膀上,"你看,它们走得多整齐。"

她仔细地看了看。这些动物的形体并不一模一样。前面的那些看起来小一些,更加驼背。它们之间的距离也不太一样。

"所有的狼都沿着母狼的足迹走,她是狼群的首领。她后面跟着的是一些比较孱弱的狼。"她说着,头放在妹妹的肩膀上,并没有看那些画面,好像对每个细节都了如指掌,"最老的狼给整个狼群设定步调,否则它们会掉队而死。之后是最强壮的雄狼,它们负责保护狼队免受袭击。它们是狼群中的战士。在它们后面是最多的母狼和小狼,就像人类世界中的妇女和儿童。狼队的最后,你看到这头孤独的狼了吗?"很明显,这头狼与其他狼保持着距离,掩护这支队伍穿越旷野。它们是自由分子,是异类。在狼群中也有它们的位置。

"噢,我以为那是一群狗。"她说。

"狗和狼是不可能混淆的。"蕾娜塔站起来,走近画面,指着一些细节给她看,"狼要大一些,腿更长,头更大,脖子也更粗壮。你看,这很明显。它们尾巴上的毛更浓密。"

"那你的狗呢?"

"那是品种不纯的狼狗,但不是狼。它们之间真正的区别在于眼神。狗的眼神是聪明而好奇的,有感情的,而狼的眼神完全不一样:冷漠,但是警惕。令人战栗。"

显然,谈到狼,她一下子来了精神。

然后她们一起在厨房里做了饭,喝了一点红酒。那是她们最后一次相聚。她还记得,她们在门口告别:

"动物是识别意愿的大师,你知道吗?"蕾娜塔突然说,仿佛在结束一场她们在现实中并未进行过的谈话,"我们能从它们身上学习到这种能力,如果我们想到这一点。如果你有这种能力,你就会知道我想做什么,为什么要这么做。你就会平静地接受这一切,不会感到任何不安。"

可是当时她根本没理解姐姐说的是什么意思。

天黑后,她的父母和汉娜一起来了。母亲的脸色苍白而忧虑。她的嘴总是紧紧地抿着,仿佛在对自己说:"再坚持一下,再稍微忍耐一会儿。"不过这应该不是针对蕾娜塔的决定。妈妈总是这种表情。这表情就像制服一样,她从没脱下来过。她总是认真地对她说:"你有正经事儿的时候再来找我。"父亲最近总给人一种与世隔绝的感觉,让人没法猜到他身上发生过什么。抑或究竟有没有事发生。有时他没来由地突然尖叫,深陷在自己生命的内部,没人能真进得去。他唯一能注意到的就是他的妻子。

"什么时候开始?"他们进来的时候,母亲问道。她问得直截了当,就好像在问一个不得不做的小手术,勉强做完了以后就好了。

她靠辅助器走路。

"天亮的时候。太阳一般出来很早。"女儿一边回答,一边扶着她上了楼梯。

汉娜是个好孙女,把他们小小的行李箱(因为只过一夜)放在了房间里,并点上了晚上用的草药。他们几乎沉默着吃了晚餐,然后母亲僵硬地坐下,拿着一本信息手册,翻到第一页。她几乎能把里面的内容背下来,但还是无法理解。

"我只是想确定,"她的语气刻薄,"这是在捐献自己的身体做研究。就像我的父母之前做的那样,是吗?把身体献给科学。"

小女儿开口回答她,但是——看起来——她并不确定母亲愿意听她说话。这问题显然充满了修辞色彩。

"她死了。"父亲拍了拍妻子的手,然后伸手去拿桌上的彩色杂志,扫了一眼彩色的页面。蕾娜塔不知道他的感觉。他现在患有痴呆症,是世界上最难猜透的人。理解松鼠都比理解她父亲更容易。

"我们还能见到她吗?"母亲问道,几乎都没张开嘴,"我们还能不能,比如说,怎么样,能抱抱她?"

"我说过了,不行。"孙女答道,"几个月前,冬天的时候,我们已经跟她告别过了。"

"那她为什么还要让我们来这儿?"爷爷问道。

"她没让咱们来。她要走了,而我们想要见证她的离去。"小女儿说。

"我们必须这么做吗?"父亲嗫嚅道。

男孩到底还是来了。他穿了一身闪闪发光的黑色衣服,骑古老的自动摩托车来的。身上的酒气还能闻到。前不久他和妻子离婚了。一家人坐在露台上,之前服务员过来,把一部分彩色糕点换成了五颜六色的小饼干,明天就会有小鸟来吃。男孩把头盔卸了下来。

"搞这个名堂是为了啥?"他说,"为什么要弄这么一场表演?到这个看上去像精神病院的地方来,还觉得必须这么干!这就是个疯人院。你们所有人都是神经病,是你们让她陷入疯狂。"

他把头盔扔到地上,朝湖边走去。没有人说一句话。"你们是——一——群——怪——物!"他在黑暗中喊道。

客人们开始到场,她像宴会上的女主人那样跟大家打招呼。先来的是蕾娜塔的女性朋友玛格特和她的伴侣,然后是两个年老的男士,他们是姐姐的邻居。

午夜刚过,崔医生就出现在了黑暗中,像往常一样穿着黑色的运动服,戴着紧箍在头上的帽子。他把一系列文件交给了她的家人:护照、公证书、检查结果和同意书。他在桌边坐下,就像自己理所当然地受到了邀请那样。然后,他说,他一直想看到这一幕。这是一种宇宙的交响——散落的元素回到自己本来的位置。

就在这时,男孩厚重的靴子踏在木制露台上的咚咚声响了起来。她担心自己的外甥会再次发难。尽管实际上她一直在等待,等着他发作,等着一些事情发生,好让这个世界回到原来的轨道。也许男孩会掀翻这些桌子,砸了红酒。也许那些五颜六色的糕点会被摔得粉碎,混在一起。如果他这么做,她是能理解的。他和她一样害怕。但是他没这么做。他一言不发地走上露台,给自己倒了一些酒,望向湖面。她发现他已经有了白发,体态也不复从前那般年轻了。

她靠着木制墙面抽着烟,看到汉娜在低声和母亲交谈,轻拍着她的手,她的手背上布满了深色的老年斑。玛格特在厨房里加热一些什么东西。父亲先看了一会儿蕾娜塔的老照片。当他抱着照片睡着了的时候,汉娜把照片从他手里拿走了。

人们在露台上聊天的声音传到了她的耳朵里,大家有的尴尬,有的却轻松而满意。崔医生也在其中,十分显眼。她听到了讨论的片段和崔的声音,这声音一瞬间从宴会上的鼎沸人声中冒出来。有人不同意他的说法,但他的回答很快被其他声音淹没了。

然后她用眼角余光看到泛着光亮的湖面上倒映着男孩和汉娜的身影——相拥的兄妹俩的身体。

东边的天空渐渐发白。突然冷了下来。不知从哪儿刮来一阵小风,不过可能只是为了刮起湖面的一丝波纹,这湖面看上去像一个填满烟灰的大洞。

“这是一个伟大的时刻。正在开始。”崔医生说,“你们看。”

看起来是这样的:

从变形中心大楼的那边,有一排木筏划到了湖上。实际上那只是一个远程遥控的平台,划向没人能够到达的对岸。到达“中心”。刚开始只看得到水的流动和波纹,但是当天空变得明亮,人们就可以清楚地看到水中映出的木筏的倒影。

一只动物像雕像一样低着头,安静地站在那里。那是一头狼。它左右打量了一下,然后抬起头看向他们所在的方向,直到自己完全被对岸的阴影所吞没。

万圣山

　　前往苏黎世的飞机准时到达了城市上空,但还不得不一直滑翔,因为机场积雪了,所以不得不等着缓慢的,但却颇富成效的机器除雪。飞机降落的时候,雪一般的云层才刚刚散开,火红的霞光透过条纹状的云层。这些云彩纵横相交,形成了一个个巨大的网格,仿佛上帝亲自邀请我们与他玩井字游戏。

　　来接我的司机拿着一张用鞋盒做的纸板,上面写着我的名字,见到我他立刻就说:"我得把您送到宾馆去。大雪封山,去研究所的路已经走不通了。"他说话时带着一种奇怪的口音,我几乎没听懂。我觉得有什么东西我无法理解。那时可是五月,五月八日。

　　"世界颠倒了。您看看。"他一边把我的行李装进后备厢,

一边指着暗下去的天空,"他们肯定在毒害我们,从飞机里释放
毒气,想改变我们的潜意识。"

我表示肯定地点了点头。网格状的天空显然激发了我们
的不安。

深夜时分,我们才到达目的地。到处堵车,汽车在潮湿的雪
地上打滑,一路龟速行驶。路边淤积着泥泞的雪泥,除雪机在城
里全速运转。可是当我们非常小心地驶入山区,才发现那里的
道路根本没人清理。司机紧紧地抓着方向盘,身体向前倾斜,他
的大鹰钩鼻子就像一艘船的船头,给我们指引方向,带我们穿
过满是潮湿的黑暗海洋,驶向某个港口。

我之所以来这里,是因为签了份合同。合同的任务是用自
己设计的测试,对一组青少年进行研究。这是我三十多年前设
计的,经过这么多年了,仍然是世界上同类测试中,唯一一种得
到发展心理学家广泛认可的方案。

他们支付给我的酬金颇丰。看到合同中的数字时,我还以
为他们搞错了。但是同时我必须对这一项目完全保密。委托我
进行这项研究的公司位于苏黎世,从它的名字也看不出来什
么。但是不能说我只是为了钱,还有其他因素促使我接受了这
份工作。

我感到很惊讶,因为"宾馆"是山脚下一座古老的黑黢黢的

修道院中的客房。路灯透出厚厚的光晕,照亮了被雪覆盖的栗树。它们原本已经开花了,现在却像被盖上了一个个白色的枕头,仿佛受到了莫名其妙的荒唐压迫。司机把我带到一个侧门,帮我把箱子拿到了楼上。房间的门上挂着一把钥匙。

"所有的手续都已经办好了。请您好好睡一觉。明天我来接您。"大鼻子司机说道,"早餐在冰箱里,十点钟修女请您喝咖啡。"

我吃了安定药片后才睡着——我又进入了我最喜欢的时间空洞,我和我的身体同时坠入其中,仿佛置身于充满羽毛的鸟巢,又像是回到了我病症刚起的时候。那时,每晚我都用这种方法练习忘记自身存在。

早上十点,我看到了这辈子所见过的最奇怪的喝咖啡仪式。一个巨大的房子中间放着一张又大又笨重的木桌,上面留着长达数个世纪的使用痕迹,桌旁坐着六个身着修女袍服的老妇人。当我进去的时候,她们微微地抬起了头。她们一边三个,分坐在桌子的两侧。一模一样的服饰让她们的面部线条看起来也十分相似。第七个修女活泼而充满活力,她在修女袍外面套了条纹图案的围裙,正把一大壶咖啡放到桌上,然后双手在围裙上擦了擦,走到我面前,伸出了她瘦骨嶙峋的手。

她打招呼时稍微有些大声——后来我明白这是有原因的：大多数年长的女人听力都不好。她把我的名字介绍给大家，然后快速罗列了一遍各位修女的名字——这些名字都很奇怪。最老的女人叫贝阿特丽克斯，还有英格堡、塔玛尔和夏洛塔，以及伊兹朵拉和采扎蕾娜。我注意到了塔玛尔，她坐在那里一动不动，看起来像一尊古代女神的雕像。轮椅上的她身材魁梧肥胖，美丽又苍白的脸从穿着修女袍服的身体中伸出来。我觉得她的目光穿透了我，仿佛看到了我身后的某处广阔空间。那里可能属于某个稳固的部落，部落里的人们在这个时空中迁徙，就像在记忆的荒原中跋涉，而我们只是这时空眼球上难以磨灭的痕迹。

我有点惊讶地打量起这间明亮的大厅。它分为餐厅和烹饪区两个部分，烹饪区里放着一个带有烤箱和烤面包炉的大型多孔燃气灶，墙上挂着大煎锅和一个放着各种其他锅的架子。窗户下有一排水槽，一个接一个，像工厂食堂后面的清洁区一样。操作台包着金属薄板，各种用具不是塑料，而是金属制成的，还用球状螺钉连接起来，就好像尼莫船长的船一样。这里到处都干干净净，令我立即想起古老实验室和弗兰肯斯坦医生的冒险实验。这个房间里，只有用于垃圾分类的彩色容器算是现代化设备。

修女夏洛塔告诉我,这个大厨房很多年来都没有物尽其用,现在修女们用小型燃气炉做饭,或者请城里一家餐馆提供餐食。安娜,就是那个戴围裙的修女,她是这座修道院的院长,她补充说,在六十年代,她刚来这里的时候,有从欧洲各地来的六十个修女住在这座修道院里。

"我们曾经在这里烤面包,做奶酪,每块奶酪都有十五公斤。现在给七个人烤面包做奶酪就不划算了……"夏洛塔修女开了腔,似乎要开始一段较长的发言。

"是给八个人!我们一共有八个人。"安娜修女乐观地说,"请您常来我们这儿,如果您要去那里的话",她用下巴指了指方向,"山上。那儿也是我们的机构。从牧场抄近路过去,走半小时就能到。"

咖啡壶在一只只手之间传递着,冒着蒸气的黑色液体流入杯中。然后修女们轻快地伸手去拿奶油球。她们用衰老的手指轻轻地揭开纸盖,把奶油倒入咖啡。随后修女们将纸盖完全撕开,接着它立刻跑到了修女们的舌头上,好像一片铝制的小圆饼。舌头轻轻一舔,它就马上变得干干净净,而且闪着完美的光泽。接下来,细致的舌头在球杯的内壁移动,甚至要把最小一滴液体都清除干净。修女们舔奶油的动作自觉而熟练,一看就是重复了数百次。现在,应该把塑料球杯上的纸带分离出来。她们用指甲小心地撕开了粘胶的位置,并成功地把纸带拽了下来。所有这些动作的成果就是,每个修女面前都有三种可回收材料:塑料、纸带和铝箔。

"我们非常注重环保。我们人类是一种特殊的物种,如果放任自流,就将面临大面积死亡的威胁。"修女安娜说着,朝我会意地眨了眨眼。

一个修女小声地笑道:"她说得对,这些物种每年都会灭绝一个,非常有规律。"

忙着重复她们的动作,我没注意到,第八个女人悄无声息地走进厨房,在我身边坐下。直到觉察到她微小的动作,我才转过头,看到了一个穿着和其他修女一样衣袍的年轻姑娘。她的皮肤黝黑,和其他人苍白的肤色截然不同——就好像在一幅群像画里用另外一批颜料刚刚把她画进去。

"这是我们的斯瓦蒂修女。"院长带着毫不掩饰的自豪介绍。

姑娘淡淡地笑笑,起身把那些已经分好类的垃圾收到彩色容器中。

院长待我像老朋友一样,这让我很感激。当手机响起,她从口袋里掏出了各种东西:钥匙、水果糖、小本子、包药片的铝箔……她的电话是一个老款诺基亚,可以说,老得快成文物了。

"您好",她带着一种奇怪的口音对电话讲,"谢谢。"然后她对我说:"司机已经在等你了,我的孩子。"

我乖乖地跟着她,顺着老房子里迷宫般的路走到出口,还在可惜没喝完的咖啡。外面,五月的阳光照得我睁不开眼。上车之前,我听到了雪融化的声音。到处都有沉沉的水滴敲打着屋顶、楼梯、窗玻璃和树叶。欢快的小溪在脚下汇聚,那是融化的雪水,它们将顺流而下,汇入湖中。不知为什么,我在那一刻想起,所有这些穿着修女衣袍的老妇人都在有尊严地等待死亡。而我正在漫无目的地做着些无用之功。

"您在这里的工作条件很好,您看一下。"当天,研究项目的组长丹妮对我说。她的英语带有意大利口音,不过她的脸看起来更像印第安人,又或许她是远东人的后代。"这是您的办公室,上班时您甚至不需要走出大楼。"她笑着,身边站着一个大腹便便的男人,身上紧箍着一件格子衬衫。他叫维克多,是整个项目的主管。

她告诉我,不远处有一条旅行步道,可以不费吹灰之力——大约三个小时的路程——爬上一座巨大的山顶,人们都说,站在那里会有一种仍然在低地的感觉。

研究所是一幢现代化的混凝土建筑,整栋楼的线条笔直。

铝带支撑着巨大的玻璃外墙,自然界的一草一木在玻璃上反射出不规则的形状,缓和了研究所生硬的外部轮廓。在这座现代化楼房的后面,是另一座一看就是建于二十世纪初的大楼——看起来像是一所学校,特别是我看到它前面有一个操场,一群少年正在那里踢足球。

我感到疲惫不堪,可能是因为所处环境的海拔比较高,也可能仅仅是因为我最近一直觉得累。我请他们带我去接下来几周要住的房间。在这种情况下,我下午应该休息。一般我都在两点左右开始觉得困倦乏力,昏昏欲睡。这时我就觉得一天被打断了,感到很沮丧,直到晚上才能恢复精神。七点左右,我就又有精神了,一直到午夜。

我没有成家,也没有建过房子,没有种过树,我将所有的时间都花在了工作上,不断研究并通过复杂的统计程序进行推断。我一贯更信任统计数据而不是我自己的思想。我的人生成就是一项用来研究新生状态下心理特征的心理测试,也就是说,我所研究的是那些不明确的,尚未像成年人的成熟人格那样强化过的心理状态。我的发展和趋势测试迅速获得了全世界认可,并被广泛使用,我也因此成名,当上了教授。我过着平静的生活,并不断完善这个程序的细节。时间证明,发展和趋势测试的预测能力超出了平均水平,可以借助它比较准确地预测一个孩子将成为什么样的人及其未来发展方向。

我从未想过一生只做一件事，一直做同样的事。我以为自己有一个躁动不安的灵魂，对事物只有三分钟热度。我很好奇，如果在我的小时候用我自己设计的测试，来预测我将成为什么样的人，是否可以预知，我会成为一个执着追寻唯一理想的勤奋的人，一个只做一种工具的匠人。

那天晚上，我们三个人去镇上的一家餐厅吃晚饭。餐厅临湖而建，透过阔大的窗户正好能看到漆黑水面上倒映出的城市的璀璨灯光。颤动的深潭不断把我的目光从正在聊天的同伴身上挪开。我们先吃了点蜂蜜配梨子和古贡佐拉干酪，主菜是意大利烩饭配松露，这是这家餐厅最昂贵的一道菜。白葡萄酒也是最好的。维克多说话最多，还好，他低沉的声音湮没在了不知哪里传来的嘈杂的、机械般的冰冷乐声中。

他抱怨说，这世上缺乏有领导力的人，现在的人都太平庸，没有足够的力量改变世界。他被方格衬衫包裹的腹部蹭着桌子的边缘。丹妮对我保持着礼貌的尊重和友好的信任。她靠在桌子上，俯身向我倾斜，围巾的流苏不时划过盘子的边缘，差点就要被已经融化了的干酪弄脏。我自然而然地询问了将要被检测的那些孩子的情况，他们是谁？为什么要接受测试？以及我们的项目该怎么进行——尽管当时我对此并不十分在意。
我们就此进行了交谈,不过我的注意力主要被那些细小的、不
超过火柴头大小的松露的味道所吸引。孩子们被集中到一个
所谓的山区学校里,将在这里度过三个月,在他们学习和玩耍
的时候,我们就会检查他们的各项能力。他俩告诉我,所有的孩
子都是被收养的,而这个项目则是为了分析社会资本对个体发
展的影响(他说的),以及各种环境变量对未来职业成就的影响
(她说的)。我的任务很简单:以尽可能广泛的版本对孩子们进
行测试。他们希望获得准确的形象描述和对未来的预判。这项
研究是私人行为。赞助商拥有所有可能的许可,项目需要进行
多年,目前处于保密状态。我点点头,假装在听并全都听懂了,
实际上一直在享用美味的松露。我有种感觉,自从生病以来,我
的味觉开始分层,每种食物的味道由不同的层次来接收:蘑菇、
小麦通心粉、橄榄油、帕尔玛干酪、干蒜末……对我而言,菜肴已
经没有意义了,它们只是些松散的、各种原料成分的集合。

"我们很感激像您这样有名望的人物能来到我们这里。"丹
妮说着,大家碰了一杯。

我们礼貌地交谈,懒洋洋地,品尝着美味的食物,在红酒还
没让我们的舌头打结之前。我告诉他们,任何预测未来的想法
都令人惊叹,但同时也会引起巨大的非理性抵抗。它也会造成

幽闭恐惧症,而且一定是俄狄浦斯时代以来人类一直与之抗争的那种对命运的恐惧。事实上,人们并不想知道未来。

我还说,好的心理测试工具就像精心设计的陷阱。当人的精神落入其中,跳动得越厉害,留下的痕迹就越多。今天我们知道,人类自带各种潜能出生,而青春期不是丰富自身和学习,而是淘汰其他可能的过程。毕竟,我们是从野生的郁郁葱葱的植物长成了盆景之类的东西——修剪整齐、矮胖僵硬的微缩品。我的测试与其他测试的不同之处就在于,它不研究我们在发展过程中会得到什么,而是我们会失去什么。我们的可能性是有限的,但正因如此,更容易预测我们将成为什么样的人。

我整个学术生涯都伴随着被嘲笑、贬低,被指为超心理学,甚至是伪造结果。定是因为如此,我才变得如此多疑和自我保护。我总是首先发动攻击和挑衅的那个人,然后我又对所做的事情感到沮丧,继而罢手。我最恨别人说我不理性。科学发现在最开始的时候看上去都是不合理的,因为理性限定了认知的边界。为了超越这个边界,我们经常需要将理性抛在一边,投入未经探索的黑暗深处——这么做正是为了一点一点地让它们变得合理和可以理解。当我带着我的测试环游世界做演讲时,每一次演讲我都以这样的句子开头:"是的,我知道这会让你们不高兴,但是人类的生活是可以预测的。有工具可以做这样的预测。"那时人群中就会出现一阵充满紧张感的沉默。

我们进入游戏大厅的时候，孩子们正在玩大概是场景扮演之类的游戏。在走廊里我们就听到了阵阵笑声。他们费了好大的力气才止住笑，尽量严肃一点向我打招呼。我快要和他们的祖母一般大了，于是立刻同他们拉近至一种温暖的距离。他们并没打算立刻信任我。一个小小的、果敢大胆的女孩问了我几个问题：我来自哪里？我的妈妈说什么语言？这是我第一次来瑞士吗？我居住的地方污染有多大？我有狗或者猫吗？研究会是什么样的？无不无聊？

我是波兰人，我依次回答。我的妈妈说波兰语。我已经来过瑞士几次了，这里伯尔尼大学的人都认识我。我住的地方污染很大，不过比起我搬出去的那个城市可小得多。特别是在冬天，当我们的北半球增加了很多倍雾霾的时候，在我所居住的农村，没有戴口罩的必要。研究将是令人愉快的。需要在电脑上完成测试，都是针对非常普通的事物——例如，你喜欢什么，不喜欢什么，等等。你们还会看一些奇怪的三维实体，并告诉我它们的含义。一些测试我们将使用现代设备进行——不会疼，至多会有点痒痒。你们肯定不会觉得无聊。有几个晚上你们会戴着一顶特殊的帽子睡觉，这个帽子会监控你们的梦。有些问题看起来会非常个人化,但我们会绝对保密。所以我会一直要求大家完全坦诚。一些研究会要求大家完成一些看起来像游戏一样的任务。我向你们保证,我们将一起度过一段美好的时光。是的,我养过一条狗,但是几年前它去世了,从那以后我再也不想要小动物了。

"您没想过克隆一个吗?"一个聪明的小姑娘问道,她应该是叫米莉。我不知道该怎么回答。

"我没想过。"

"听说在中国,人们已经批量克隆了。"一个高个子的男孩说,他的脸黝黑细长。

狗的话题引发了简短、混乱的讨论,后来大家显然恢复了初步的礼貌,因为他们都回到了自己的游戏中。孩子们让我们加入他们的游戏——我明白了,这是一个名为"大使"的棋盘游戏,每个人都要用肢体语言(不能说话)传达信息。不分团队,每个人独自参赛。我什么也没猜着。孩子们比画了一些我不知道的电子游戏和电影的片段。他们好像来自另一个星球,迅速而简短地思考,谈论着那些对我而言完全陌生的世界。

我愉快地看着他们,那种快乐就像看到了光滑的、年轻的、富有弹性的、亲切的、直达生命之源的东西。他们身上有一种奇妙的胆怯,他们的能力边界还不确定。他们身上的任何特质都没被破坏,没被固化——他们的机体快乐地向前移动,兴奋地攀上顶峰。

现在回忆当时的那个场景,我清楚地记得蒂埃里和米莉。蒂埃里个头很高,有着橄榄色的皮肤,眼皮总是耷拉着,好像总是感到无聊,没睡醒的样子。米莉个头小小的,聚精会神,而她的才智随时可能像弹簧一样爆发。我也观察那些双胞胎。当我们进入一个有好多对同卵双胞胎的房间时,会立即有一种奇妙的不真实感。这里也是这样。第一对是两个男孩分开坐着,一个是朱利安,另一个是麦克斯,他们俩矮矮壮壮,有一双大手、一对黑眼睛和一头卷曲的黑发。接下来是两个高个子的金发美女,阿米莉亚和茱莉亚,她们穿着一模一样的衣服,神情专注,有礼貌,肩并肩坐在一起。我入迷地看着她们,不由自主地寻找她们之间细微的不同之处。其他人,例如维托和奥托,他们所做的一切都是为了区别于彼此:一个剪成了刺猬头,另一个则留着长发,一个穿黑色衬衫和裤子,另一个则穿短裤和彩虹条纹 T 恤。过了一会儿我才意识到他们是双胞胎,而自己正惊讶地盯着他们。他们笑了,可能早已习惯了这种目光。米莉旁边坐着的是汉娜,是个十七岁的高个儿女孩,有着模特儿般的身材和中性的容貌。她几乎没有参与游戏,只是淡淡地笑着,思想似乎在别处。高大瘦削的亚德里安有些过于活跃,神经质,也有领导才能——是他首先做出猜测并破坏了其他人的游戏。爱娃用一种母亲式的口吻让他安静,想要维持秩序。这些孩子完全可以组成一个童子军。

第二天,我启动了研究的第一部分,进行心理神经学参数的分析,这是个相当机械的工作。简单的记忆力和知觉测试。按照正确的顺序排列积木块,两只眼睛交替观看奇怪的图画。如我之前的承诺,他们玩得很开心。晚上,当我用计算机进行数据推断时,维克多来找我,他说:

"我想提醒您遵守您签署的保密协定。只能用内部系统传输信息。不能使用任何自己的系统。"

这让我感觉很不舒服。我觉得这很不礼貌。后来当我在露台上点燃了每天都要抽的那根烟的时候,维克多又出现在了门口。

"这个烟是合法的,是医生开的处方。"我解释道。

我把烟递给他,他很专业地、深深地吸了一口。他把烟雾留在嘴里,眯起眼睛,好像准备接受一种刺激的感觉,而这种刺激感带来的景象又被柔和的轮廓所包裹。

"你们请我来,就是因为我活不长了?是这样吗?这是保守秘密最好的办法,对不对?死人是不会说话的。"

维克多吐出来一点烟,把其他的都吞了下去。他先是把目光移到了地板上,好像刚刚撒谎被我抓了个正着。然后他转移了话题说,根据某种测试来预测一个人的未来是违反常识的。但由于他是研究所忠实的雇员和这个研究项目的代表,所以没有表达自己的怀疑。

"告诉我,那到底是个什么样的研究项目?"我问。

"我即使知道也不能说。情况就是这样,你只有接受。做你自己的事,顺便呼吸呼吸瑞士的新鲜空气吧,那对你有好处。"

我有种感觉,他这么说恰好证实了他对我的病很了解。之后他只是沉默不语,专心致志地抽着烟。

"从这里到修道院怎么走?"过了更长一段时间,我问道。

他一言不发地拿出笔记本,给我画了个草图。

的确——从山上到修道院有一条近路,快走的话大约20分钟,在牧场之间蜿蜒而下。得穿过几个给牛群留的门,并挤过几个电围栏。我花了一些时间同那些受到春日阳光惊吓的马儿打招呼,它们在融化的雪中一动不动,仿佛正在思考这种不同寻常的天气,并在它们大而缓慢的头脑中寻找某种结论。

修女安娜穿着白色围裙接待了我——她和斯瓦蒂刚刚打扫过屋子。走廊的长凳上放着些文件盒。修女们擦去上面的灰尘,然后将它们放进小车,准备推到地下室去。修道院长丢下手里的活儿,松了口气,然后带我去坐崭新的电梯。我们上下了好几次,在相差一层楼的居住区和礼拜堂之间来回穿梭。两个发光的按钮——"上"和"下"提醒我们,实际上我们没有自己以为的拥有那么多选择,意识到这一点,应该可以让我们放松下来。

然后,修女安娜向我展示了修道院的忏悔室,她张开双手,指了指围栏以前的痕迹,就是这道围栏,曾经把两个世界隔绝开来。

"我们就坐在这儿,信众们站在那边。你相信吗?神父来的时候也是通过这道围栏和信众交谈。那还是六十年代的时候,我们觉得自己就像上帝的动物园中的动物。每年摄影师都来给我们照相,也是隔着这道围栏。"

她给我看照片。那些照片被裱在细细的相框里,一张接一张紧紧地并排悬挂在墙上,每张照片上都有一群穿着修女袍服的女人。一些人坐着,另一些人站在她们后面。修道院长坐在正中,不知为何她总是看起来比其他人更大更结实。画面上有些人的身体被围栏截开了,尽管摄影师肯定努力让那些围栏不穿过她们的面部。沿着走廊往前走,时间慢慢倒流,越往后,照片中修女的数量越多,她们身上的衣袍和头巾也越厚实。照片里的空间被衣袍占满,到最后,女人的面孔成了散落在深灰色桌布上的米粒。我凑上去仔细地看那些已不复存在的面孔,在那一刻我心生羡慕,她们每个人一生中都有那么特殊的一天,上帝对她说,想把她带走,带到自己身边。我从未信奉过宗教,也丝毫没有感受到上帝形而上的存在。

修道院始建于1611年。当时,两个方济各会的修女从北方来到小村庄旁边的山谷之中。她们有教皇和有钱的教会支持者的文书,在两年时间里,设法筹集到了资金,并于1613年的春天开始建造修道院。一开始盖了一栋小楼,里面有修女们的居室和一个用于进行家庭作业的部分,后来这个部分迅速扩大。百余年后,这里的整个地区,山谷和周围的森林都成了修道院的财产。修道院周围兴起了一个小镇,小镇的经济很大一部分都仰赖于修道院。临湖和临近旅行通道的有利位置使得贸易蓬勃发展,小镇居民日益富裕起来。

教规允许一部分修女(她们被称为外部修女)与外界进行较为密切的接触。内部的其他修女则不能离开限定范围,只能偶尔出现在围栏后面,就好像井字游戏中不可预料的神秘元素。限定范围里的修女只是不停地祈祷,她们的嘴唇嚅动,身体顺从地贴在礼拜堂的石板地上,伸展成一个十字架的形状,敞开怀抱迎接上帝的恩典,这恩典确保了修道院源源不断的进益,使得修女们不断扩大了财富。就像是上帝的眼睛停驻在这些虔诚的内部修女身上,透过天国三角形的裂口看向大地,像一美元钞票上的图案一样。

外部修女负责经营业务。她们的手指沾上了墨水,羽毛蘸着这墨水,在账簿上记下售卖鸡蛋、肉、布的收入,核算建造新收容所的工人的工资或为孤儿制鞋的鞋匠的费用。安娜修女讲述这一切的时候,仿佛在讲家庭故事——她对此很着迷,充满了爱,不在乎先辈们一些琐碎的罪过和对利益的过度追求。修道院像一家蓬勃发展的企业一样成长,吞并了整个地区,直到湖边。直到二十世纪,二战结束后,修道院才慢慢开始衰败。城市不断向前发展,需要更多土地建造别墅和公共建筑,人们失去了信仰。1968 年起,除了斯瓦蒂之外,再没有一个新的修女来到修道院。1990 年,修女安娜担任修道院长,那时修女总数只有 37 人。

为了挽救不断萎缩的财政,修道院开始出售自己的产业,结果如今只剩下了一栋修女们居住的建筑,其余的土地被租给了几位农民,现在用来放牛。花园由一位健康食品商店的老板打理,修女们允许他在食品上使用修道院的名字,为此他需向修道院提供蔬菜和牛奶。后来她们发现自己对修道院潜在的商机预判不足,多年来这块市场蛋糕早已被本笃会、西多会、博尼福特和其他一些教派分完了。这些教会的修士预感到修女

可能会与他们竞争,就不约而同地联合起来将她们赶出了市
场。将修道院转变为有利可图的合作社也没有成功。修道院旁
的一座独栋建筑被送给了小学,而花园一侧的另一座小房子被
改建成了青年旅馆,由小镇经营。去年,修女们用租金的收益在
二楼安装了一部玻璃电梯,每天上下狭窄的石阶对她们来说越
来越困难。现在,她们每天几次坐电梯去礼拜堂,人们可以看到
她们挤在一个玻璃围栏里。

　　修道院长一边给我讲这些故事,一边向我展示了修道院的
角角落落。我跟着她走,闻到了她衣袍上的味道——那是衣柜
的味道,估计薰衣草袋已经在里面挂了好几年。在一种令人愉
悦的安全感里,我做好了被她说服的准备,在这里安度余生,而
不是把电极放在孩子们的头上。我觉得安娜修女周围的空气
在振动,仿佛有一圈温暖的圣光围绕着她。她可以抓住这光环
并将之密封在罐子里——出售的话肯定能赚大钱。

　　她带着我穿过走廊。走廊的地板用散发着香气的清洁剂
擦得干干净净,一路上到处都是门、夹层烟囱和壁龛,壁龛里矗
立着光亮的圣徒雕像。我很快在这个迷宫中迷了路。我记住了
一辈辈修女的肖像,她们有着如克隆般彼此肖似的面孔。内部
礼拜堂的入口上面用粗重的施瓦巴赫字体刻着:“第一个人亚
当被创造时,其灵魂让这个躯体像动物一样活着;而你的智慧

创造了最后一个真正活着的亚当。"地板在脚下嘎吱作响,我们的手碰到了滑溜溜的走廊扶手和门把手,多年来,上面已经留下了修女们手掌的痕迹。

突然,我们走到了楼上的一个大夹层。木地板已经被磨掉了漆,也或许从未涂过油漆。这里是用来晾衣服的,在挂了一片的袜子和床单中间,我看到了修女贝阿特丽克斯和英格堡。她们拿着针坐着,把洗衣服时掉下来的纽扣重新缝起来。因为关节炎而蜷曲的手指正顽强地同针孔做斗争。

"嗨,姑娘们!"她对她们说,"我们把奥克西介绍给她,怎么样?"老修女们来了精神,而年老的贝阿特丽克斯发出小姑娘般的尖叫声。安娜修女走到看起来很无辜的白色窗帘跟前,一把掀开,露出了里面的东西。

"当当当!"她叫道。

我眼前出现了一个小小的壁龛,里面有一个东西,无疑是人的形状,虽然缩在一起,看起来又不太像人。我吓得退后了一步。修女笑了起来,似乎对这个效果感到满意。显然她已经习惯了这样的反应,而且她们喜欢这种反应。

"这是我们的奥克西。"她一边说,一边审视着我,脸上露出了胜利的表情。

"我的天。"我用波兰语小声说。我的表情一定很奇怪,因为修女们爆发出一阵笑声。

我面前是一个人体，或者说是一个皮肤覆盖着的骨架，一个木乃伊，一个垂直放置且装饰精美的尸体。过了一会，我开始观察细节。修女们仍然在我背后咯咯笑。

整个骨架上覆盖着手工编织的装饰品。他的眼窝里缀着大块的软矿石，光秃秃的头骨上放着一顶用钩针编织而成、缀着珠子的装饰帽，他的脖子下面系着一块领巾，之前肯定是雪白的，而现在已经变成了灰色，像一团肮脏的秋雾。他身穿一件十八世纪极尽装饰的古老长袍，干枯的皮肤从衣料下透了出来。衣袍上银灰色的图案就像窗户上的霜花。衣袖的袖口缝着蕾丝花边，几乎完全盖住了瘦骨嶙峋的、像爪子一样的双手，就像戴上了露指蕾丝手套。蕾丝手套！他扭曲的双腿被白色丝袜包裹，挤在满是褶皱的拖鞋里，那拖鞋上也装饰着软矿石。

作为研究者，我们总是被要求不应在研究对象身上倾注过多情感。我非常喜欢这条原则。我只在测试中与孩子们见面。这些年轻人总是非常认真地完成指令。他们都很懂礼貌。只有投影测试的时候，因为要激发他们的想象力，有几个孩子没能理解任务。然后进行的是脑电波跟踪，由于是在睡眠期间完成的，因此必须给每个房间连接上相应的设备。一个多星期，我哪里都没去,只有借着烟草给自己放松的时候,在露台上看到了夏日的盛开。维克多定期加入我的行列,这使我的烟草消耗得越来越快。

在我和维克多进行的数次对话中,有一次他告诉我,修道院可能会因"生物问题"关闭,然后他给我讲了斯瓦蒂的故事。

"安娜修女曾天真、幼稚地在哪里读到,说在印度圣洁仍然存在,历史和奥斯威辛的风烟并未将其吹散。"我和维克多坐在阳台上,因为搬动设备累得够呛。维克多看着闪着光的烟头,感到十分内疚:

"我不能这样,我真的不能一直这样抽你的烟。这对你来说是良药,对我而言则是单纯的享乐。"

我耸了耸肩。

"为什么是印度? 她怎么会有这样的想法?"

"好吧,其实是我告诉她的。"过了一会儿他说道,"我告诉她,如果什么地方还存在真正的灵性,那就一定是在印度。我告诉她,上帝搬到印度去了。"

"你相信这个?"我不由自主地问道。烟雾从我的嘴里飘出,形成了漂亮的烟圈。

"当然不相信。我只是想用某种好的理念安慰她。不过我没考虑到,她是个宁可行动也不愿思考的人。结果,她孤身一人,在七十几岁的年纪,去印度为自己的修道院寻找修女。"

我能想象,安娜修女穿着灰色的夏季袍服,站在德里的清真寺下面,周围是嘈杂的人力三轮车、流浪的野狗、神圣不可触犯的牛,还有尘土和泥泞。我笑不出来,很久以来,大麻都无法让我发笑了。不过维克多笑了起来。

"她跋涉数百公里,一家家地拜访修道院,寻找刚进入修道院、愿意去欧洲的修女。她成功地找到了一个。斯瓦蒂。你明白吗?她跑到印度去找修女!"

第二天,我的桌上放着他们的文件包——整齐、经济、专业。这些文件是接受检测的孩子们的数据,我向维克多要来的。我立刻觉得有些奇怪,因为不粘胶卡片上没有孩子们的姓名,而是写着诸如"Hl 1.2.2"或"JhC 1.1.2 / JhC 1.1.1"等等这样的符号。我惊讶地看着这些符号——这些应该不是给我看的,维克多误把它们拿给了我。我不明白这些代码的含义。除了生物学参数表外,还有一些我完全不了解的基因组表和曲线。我试图从这些描述中识别出自己研究的孩子,但是曲线和表格并没有让我想起任何事情——它们显然是在不同的、更抽象的层次上描述现实。噢,是的,一定是维克多搞错了,他没把我需要的文件给我。当我把这些文件往他的办公室搬的时候,突然的冲动令我回到自己的办公室,在一张旧报纸的边缘写下了这些奇怪的符号。然后我想到,如果把他们的出生日期记下来会很好。等我把文件包放在维克多的办公桌上时,他的办公室空着。风吹动了打开的百叶窗,听起来像是夏蝉在合唱。

　　第二天早上,又有一些我要求了很久的信息通过内部网络传送过来——关于生长环境的访问和生平数据。这些文件上仅标注了姓名。B. 蒂埃里,2000 年 2 月 12 日出生。监护人位于瑞士的一个小镇。父亲是中小学教师,母亲是图书管理员。有过敏症。文件里有详细的脑部检查描述,诊断为轻度癫痫。血型。基本的心理测验。养父母留下的日记,详细但无趣。诵读困难。正畸矫治器的详细说明。书写样本。照片。上学时写的作文。他是个正常的孩子,经常接受各种详尽的医学检查。没有任何关于生物学父母的信息。C. 米莉,2001 年 3 月 21 日出生。一样的内容。准确的体重和身高表。某种皮肤疾病——照片、诊断等等。养父母是中产阶级、小企业家、画家。儿童画。许多其他文档的附件,都经过仔细地编号和分类。双胞胎朱利安和麦克斯,生于 2001 年 9 月 9 日。来自巴伐利亚。养父母:企业家,拥有一些纺织厂,中上层阶级。文件中提到围产期并发症,所以两个人的新生儿评分都比较低。朱利安的乐感非常好,上过音乐学校。麦克斯七岁时遭遇了交通事故——被车撞倒，腿部骨折，伤情复杂，音乐天赋一般。

无意间，我拿起了昨天的报纸，看到了我在上面记下的双胞胎的出生日期，他们分别被编上了两个符号 Fr 1.1.2 和 Fr 1.1.1。现在我就明白了。

T. 亚德里安生于 2000 年 5 月 29 日，出生日期编号是 Jn 1.2.1。他来自洛桑。寄养父母：官员。这个男孩在法律上有些麻烦。成长环境访谈。警察局记录。因为他曾经闯入一个游泳池并损毁设备。他有几个兄弟姐妹。H. 爱娃，编号 H1.1.1。养父母在她九岁时离婚了。她由养母抚养长大。养母是名教师。她是个优秀的学生，打篮球。对电影感兴趣。写诗。有音乐天赋。接受青少年类风湿关节炎治疗。

我快速地看着，对报告的一些细节感到惊讶，没想到这些孩子的生活被多角度地进行了扫描，好像搜索信息的这些人是间谍、天才或革命家的预备军。

安娜修女允许我把奥克西拍下来——他被做了永久性防腐处理的身体的每一个细节。我在镇上的一家化妆品店把照片打印了出来，然后挂在了办公桌的上方。现在只要抬眼就能欣赏到一代代修女的精巧技艺，她们用纽扣、花边、花式锁边、装饰缝、贴花、绒球、珠子、亮片来装饰袖口、衣领、口袋,以一种孩童般的信任去驯服奥克西身体的每一寸,希图以此来粉饰对死亡的恐惧。这些装饰,恰恰是令人绝望的生命证据。

想在药房买到我的药还要等几天,于是我用那些众所周知的办法找到了当地的经销商买了几剂。这药的药性很强,浓度很高,我不得不将它们与烟草混在一起。自从有了这药,疼痛几乎消失了,但我对它的恐惧仍然存在,它就像一些缩在我身体深处的金属弹簧,随时可能弹开,将我的身体撕成碎块。当我抽烟时,他们变成了纸做的通心粉,而世界充满了各种符号,彼此相距遥远的事物似乎互相发送着一些奇特的消息和信号,那些意义相互打结,建立联系。一切似乎在心照不宣地相互眨眼。

这世界处于一种饱和状态,你可以想吃多少就吃多少。我经历过两次化疗,无法入睡。我无法控制自己的身体,唯一剩下的力量就是恐惧。医生说:我可能活三个月至三年。我知道做点事情对我有好处,所以才来到这里。不仅是为了钱,尽管在现在的情况下,这笔钱将有助于延长我的寿命。做测试不需要我付出任何特殊的努力。我做这些信手拈来。

现在每天早晨,当孩子们上课时,我都早早起床,下山去修道院。五月底的某一天,我看到米莉独自坐在球场的围栏上。她说自己在生理期,所以请假没有去做操,我记得她穿着蓝色的衣服——蓝色牛仔裤、蓝色 T 恤和蓝色运动鞋。我不知道该说些什么。我只是走向了她。

"我觉得您有些忧伤，"她有点挑衅地对我说，"一直都有，哪怕您在笑着的时候。"

我独处时卸下了脸上一贯的自信，这被她抓了个正着。我看着她那像鸟儿一样娇小轻盈的身体轻巧地跳下了围栏，似乎没什么重量。她说她想回家。她想念父母和她的狗。她在家里有自己的房间，在这里却必须和爱娃同住。她以前一直想有兄弟姐妹，现在却发现别人会打扰她。

"您研究我们，在寻找些什么东西。我们也在想，为什么会来到这里。我的智商很高，能感知到很多事实。我怀疑，我们都是被收养的孩子，这里面有些关联。或者，我们都是某种基因的携带者。可是，您看着我们，又能怎么样呢？您在我们身上发现什么奇怪的东西了吗？我和他们有什么共同点？什么也没有。"

她带着我走了一段路，我们开始谈论她的学校。她上音乐课，拉小提琴。她还告诉我一些特别的事情：她喜欢哀悼日——这样的日子因为灾难性天气或者袭击的缘故发生得越来越多——那时媒体上只会播放悲伤的音乐。她觉得世界纷杂，一切都让她恼怒，而那些阴沉的日子对她来说是个喘息的

机会。人们应该对自己有所思考。她喜欢亨德尔,特别是他的
《广板》,丽莎·杰拉德曾演唱过。她还喜欢马勒的歌,那些他
在孩子死后写下的歌。

我不由自主地笑了。她是个忧郁的女孩。

"所以你对我感兴趣?"

她和我往山下走了一段路,那儿有人在放马。路上,她把青
草尖拔下来,把它们柔软的、还很幼嫩的种子抛向天空。

"您戴着假发,对吗?"她突然说,没有看我,"您生病了。您
会死的。"

她的话直击我的胸膛。我感到眼眶里积满了泪水,于是我
转过头,加快了脚步,一个人下山去了修道院。

上午,孩子们上课的时候,我在修道院里平静了下来。在这
些开朗的、已经与生活和解了的女人们的陪伴下,我感觉很好。
修女们喝咖啡时用虚弱的手指将细小的废物分类,这手指恢复
了生活的秩序。是的,有一天,很快就会有那么一天,某些手指
会把我分解成最初的成分,而那一切,曾经组成我的一切都将
恢复原状。那是终极的回收。在那宽恕的仪式之后,咖啡奶油
球成了不再有关联的各个部分,归属于互不相关的其他类别的
东西。味道和性状在哪里被分开了? 刚刚还被创造出来的东西

到哪里去了？

我们坐在厨房里,安娜修女回答我提出的那些与我无关的问题,她常常跑题。你永远不会知道,她记忆中相互缠绕的思绪会将我们带向何方。那时,我想起了我的母亲,她说话也是话题广泛,线索多样而曲折;这是老年妇女的一种神奇的衰老表现,将世界用一张像巨大的布一样的故事覆盖起来。其他修女无声地忙着一些小事,这让我觉得她们是真相的保护者,时间的会计师。

关于奥克西的所有信息都记录在修道院的记事簿中。在我的要求下,修女安娜最终同意找到相应的卷本,她打开记事簿,放在了厨房的咖啡桌上。在那里她找到了确切的日期:1629 年 2 月 28 日。

那一天,修女们和所有的周边居民踏上了通往城市南边的道路,希望能等到从罗马回来的使者。天黑之前,一个小马队从山后走来,马队后面是一个木制手推车,上面装饰着五颜六色的、有点脏和湿的布料,布料下面是一个用皮带捆扎着的棺材。用花草编织的带子垂落在潮湿的雪地上,而车夫又累又冷。以市长为首的市民和特别受邀的主教象征性地将这座城市的钥匙交给了圣徒,之后身穿白袍的男孩们唱了一首练习已久的迎宾曲。由于仪式是在一个寒冷而令人讨厌的月份举行,没有鲜花来隆重纪念这与众不同的礼物,于是人们将云杉枝抛在了车轮下面。

就在那天晚上,那里举行了隆重的弥撒,之后宣布,大家可以在弥撒后的第一个星期日,也就是三天后看到圣奥克森修斯①。在此之前,修女们的任务是修整那历经旅途艰辛的圣体。

修女们看到的景象令人恐惧。当她们好奇地看向棺材内部时,吓得退后一步。她们希望看到什么?她们如何能够想象出之前从未听说过的受难者的身体?那些可怜的,在袍服下穿着厚厚的羊毛长裤,在冻得干裂的手上盖着蕾丝袖口,在没有供暖的小房子里冻得瑟瑟发抖的修女,她们希望看到些什么?

一阵无声的、失望的叹息传到了教堂的穹顶上。圣奥克森修斯就是一具普通的尸体,虽然已经风干,甚至很整洁,但他咧着嘴笑的牙齿和空洞的眼窝仍然令人感到恐惧,或者恶心。

安娜修女说,三天远远不够。从那以后,越来越多的修女照料这具尸体三百多年。她们给他起小名,开些小的玩笑,给他配些小装饰,以此来克服对他的恐惧。她还年轻的时候给他编了袖口,因为以前的袖口已经年久褪色了。这是她告诉我的关于圣徒衣饰的最后一部分。斯瓦蒂尽管许下了服从的誓言,但拒

① 即前文提到的奥克西。

绝修理干尸的衣服,而修女安娜对此也表示默许。

回到自己的房间后,我开始在网上搜索。罗马在十六世纪开始了密集扩建时,经常在挖掘新房屋的地基时发现地下墓穴,其中就包括人的尸体。事实上,罗马像每个古老的城市一样,都是建在坟墓上的,工人的镐头刺穿了坟墓的天花板,数百年来,阳光第一次照进了墓穴。人们开始随意闯入地下墓穴,而各种神秘的故事令他们的想象力肆意驰骋。如果不是基督教的受难教士,又是谁躺在那里呢?

整齐地摆放在架子上的死尸像珍贵的商品,上等的葡萄酒,历经岁月日臻成熟,从而获得了特殊的价值。时间的破坏性使人脸变成了头骨,身体变成了枯骨,这种秩序性不再对死者产生干扰。相反,当尸体收缩变干,它们就进入了更高级的秩序之中,变得精巧,不再因尸体分解产生令人厌恶的感觉,而是像木乃伊一样,令人惊叹和尊重。

被发现的大墓地造成了问题。人们试图将那里挖掘出的遗体再次埋葬在当时的墓地中,但是发现它们中的很多都很美,保存成完好的木乃伊,骨架整齐、优美地摆放在那里。人类的眼光很快适应了眼前的景象,然后——正如人们的习惯——开始区分和鉴别具体的一具具尸体,比如,最美丽的,最和谐的,保存最完好的,而发现每具尸体的个性之美,就意味着很快能找到它们独特的价值。严酷而忧郁的教皇格列高利十三世曾在一封信中对这些意想不到的大量尸体进行了思考:"在我们看来,整个军队似乎在困难时期崛地而起,我们没有向他们表示感恩,反而将他们重新推回了黑暗的坟墓之中。在今天这个对真正的信仰来说邪恶的时代,叛教者从四面八方威胁着我们,没有任何东西能成为对抗这个肮脏的路德教会异端的火与剑,死也成了一种战斗⋯⋯"以这些话为指导,一位教皇的官员(鲜有人知具体是谁,有人说是深得教皇信赖的韦迪亚尼教父,他很善于做生意)在成千上万的死人身上找到了商机。很快,他成立了一个特别办公厅,吸收了一些有眼光、聪明且富有想象力的牧师。他还强迫一些沉默的、佝偻的修女参与工作,让她们耐心地清理尸体上已经积了几个世纪的东西。这一切都在严格的保密下进行。

这些死去的圣徒再度出现时已经整齐地排列在小小的棺木之中,每个人身上的灰尘、蜘蛛网、杂草和土块都被清理干净,被一块洁净的帆布覆盖着。每个人都配了一张卡片,记录着他们的姓名、出身、精心撰写的传记和受难的情况,他们的事迹和死后的职能,这样人们就知道可以向他们祈祷些什么。每个圣徒都有自己的属性和领域,就像今天电子游戏中的英雄一样。这个人可以增加勇气,那个人会带来幸运。这个人保佑酒鬼,那个人会对付啮齿动物……

无须过久的等待，来自全欧洲的订单便纷至沓来。每一个发给教皇的恳求，对至高无上的主的每一次诉求，都包含立即寄给他们一个圣徒的尸体，并以合理牺牲为交换。那些被新教徒掠夺损毁的教堂在得到圣徒尸体后立即声名鹊起，将人们吸引到教堂的屋顶之下，使他们沉浸在受难者神圣的光环里，提醒他们现世无法与天国相提并论。提醒人们"记住你终有一死"。

接收来自罗马的神圣的受难者持续了很多年。小官吏和那些才华横溢、富有想象力的教士成了牧师和枢机主教，老迈佝偻的修女们悄无声息地死去，教皇换了一任又一任，像日历上的纸，一页一页留在了过去：西斯科特，乌尔班，格列高利，英诺森，克莱门特，利奥，保罗，再一次格列高利，直到乌尔班八世。自从接收圣徒以来，办公厅一直存在，而1629年，为了改进工作，书记员们已经用表格和列表进行记录。这样就不用一遍遍重复记录受难者经受的酷刑，他们的死法，当时的情况，他们的名字和类型。

第二天，安娜修女告诉我，她曾经非常惊讶地听到了离修道院几百公里的另外一座教堂里的圣徒的故事。她突然感到很难过，因为那个陌生的圣徒，应该是叫里乌斯，他的生活和受难的故事与她们的奥克森修斯惊人地相似。显然，当时做圣徒事迹记录的人们缺乏创造力。她还说，她见过一部写于二十世纪的学术著作，专门探讨了罗马受难圣徒的现象，结果发现在以后的岁月中连续出现了——可以这样说——定期重复的时尚。例如在十六世纪末，几年间出现了许多圣徒被异教徒钉在柱子上的情况，每一次对这种苦难的描述都汁液饱满，丰富多彩，那些匿名的书记员的文学天赋使读者体验到恐怖的战栗。女性圣徒遭受的折磨主要是割乳的痛苦，后来这成了她们的一种属性。她们的形象通常就是手持放着乳房的托盘。在十七世纪的第二个十年，斩首很流行。被斩断的头总是能被人们找到身体，然后头、身还能再次长到一起。

"你其实是个心理学家，"她对我说，"所以你应该能理解他们，那些想象出各种酷刑的人。即使创造一个最可怕的酷刑，也能从中找到一点点的快乐，对吗？"

我告诉她，宇宙中还有一个比我们已得到的世界更不好的存在，这个意识本身就有疗愈的作用。

"所以我们应该感谢造物主。"她肯定地说。

随着时间的流逝，这些圣徒的名字变得越来越古怪，这显然是因为那些流行的、广为流传的名字已经用完了。于是在女性圣徒的名字里开始出现圣奥斯詹尼、马格登齐亚、哈马蒂、奥古斯提、维奥兰提，而男性圣徒中则有阿布伦肯斯、米尔鲁波、克维蒂利翁和 1629 年早春来到修道院的圣奥克森修斯。

"您知道他们在那儿干什么吗?"我又一次下山来到修道院的时候，指着山顶上若隐若现的研究所小小的房子，问道。

她们听说，那里在进行什么重要的研究。仅此而已。

我们用世界闻名的技术折叠床上用品，只要哪儿有被套、枕套和床单，只要哪儿有被子、枕头和睡衣，我们都用这个方法。我们对面站立，抓住麻质或棉质长方形床单的四角，让它们在洗涤后恢复形状。很快我们就共同建立起整个仪式：首先整理四个角，然后快速地把两侧起皱的地方拉平，然后将其对折，再折叠，就这样，我们分几步将床上用品折叠成整齐的方块，最后放进包装里。然后再从头开始。

"我们能想到，他们想做的事和我们知道的事并不一样。"她总是用第一人称复数讲话，多年来，她个人的身份已经和修道院的集体身份融为一体。"别担心，亲爱的，"她又说道，这话听上去很有些敏锐的意味，"教会总是希望一切都好。"

奥克西看着我们，他那软矿石做成的眼睛上装饰着已经失去了颜色的丝绸，看上去就像是他的眼皮。用深红色宝石做成的眉毛看上去有一种冷冷的、无法置信的惊讶。

晚上，浏览互联网信息时，我无意中看到了其他的，甚至更加丰富多彩的圣徒的死后历史，或者更确切地说，是对他们在尘世的遗迹的崇拜，从手指、脚踝、头发，到被取出的心脏和被割断的头颅。我还看到消息称，被切成四块的圣沃伊切赫作为圣物被送到了教堂和修道院。圣亚努阿雷的血定期秘密接受化学转化，以改变它的状况和特性。有人盗窃圣体，将尸体分解成圣物——心脏、手甚至小耶稣的包皮。拍卖网站的历史页面上就有拍卖圣体的信息。而最令我震惊的是，扬·卡皮斯特拉的圣体可以在 Allegro① 上以 680 兹罗提的价格购买。

最后，我看到了关于受难者圣奥克森修斯，修道院阁楼里的英雄的信息。他曾是一位狮子训练师。在尼禄时期，基督徒都被抓来喂狮子。一天晚上，一头狮子用人类的声音对他说话，那是耶稣基督的声音。网上没有写狮子用基督的声音说了些什么，然而第二天早晨，奥克森修斯就皈依了基督教，把狮子放生到了城外的森林里，而他自己则被抓了起来。曾经的施害者成了受害者。后来，狮子被抓住了，奥克森修斯和其他基督徒一

① 波兰著名的购物网站。

起被扔进了狮笼,但是狮子不想伤害他们以前的主人。最后他被尼禄的剑客刺死,狮子也被杀死了。死后,奥克森修斯的尸体被基督徒偷走,并秘密地埋在地下墓穴中。

"我站在酒店前面,没有勇气再向前迈一步。"安娜修女说。

我们坐在大而空旷的厨房里,其他修女都走了,仔细分类过的垃圾也随之消失了。她坐在窗台上,看起来出乎意外地年轻。

"在印度的时候,天气十分闷热。轻薄的旅行衣袍已经粘在了我的身上。我感到自己无法动弹,被眼前的景象吓坏了,"她停了一会儿,似乎在寻找合适的词语,"巨大的贫穷,所有人都在为了生存而挣扎,一切都那么地残酷。狗、牛、人、跛足的乞丐、人力车夫不服输的脸。在我看来,所有这些似乎都是强加给那些个体的,违背了它们的本意,仿佛是一种注定的堕落和惩罚。"

她把头转向窗户,并没有看着我:

"我觉得,我在那儿犯下了最大的罪过,我不确定,我的罪是否在那里得到了宽恕,虽然我为这罪过进行了苦修。听我忏悔的教父显然没有明白我对他说的话。"

她看着窗户。

"那儿根本没有他们说过的圣洁。我没找到任何东西,能够解释这所有的痛苦。我看到了一个机械的、生物的世界,像蚂蚁窝一样有着既定的秩序,然而这秩序愚蠢又无力。我在那儿发现了很多可怕的东西。上帝,原谅我吧。"

直到这时她才看向我,仿佛在寻求支持。

回到酒店后,我呆坐了一整天。我甚至无法正常做祈祷。第二天,按照约定,城外修道院的修女们来接我去她们那里。我们驶过一片干枯的橙色的土地,那里满是垃圾和枯树。没有人说话,修女们可能理解我当时的状态。或许她们自己也曾经历过这些。路上的某个地方,我看到地平线上有一片小山丘,每个山包之间相距十几米。修女们说,这是神圣的牛的墓地,但我没反应过来,她们说的是什么。我请她们重复一遍。她们说,贱民将圣牛的尸体带到这里,以免对城市造成污染。人们将它们留在烈日之下,任大自然尽其所能。我要求停车,然后惊讶地走向那些土包,我以为那些是被骄阳晒干的动物的骨头和肉皮。可是走近之后我看到了另外一些东西:卷曲的,已经腐化了一半的塑料袋,上面的品牌还清晰可辨,还有细绳、橡皮筋、帽子、杯子。任何有机的消化液都对这些人类先进的化工技术产物束手无策。牛吃了垃圾,没有被消化的东西进了肚子。她们告诉我,这些都留在了牛的身体里。然后,牛的身体被昆虫和其他捕食者吃掉了。留下来的,是永恒的垃圾。

我离开的前几天跟修女们告了别。我还需要对文件进行分类,清空数据并进行汇总计算。我记住的修道院里的最后一幅画面是一群老妇人挤在玻璃电梯厢中的样子,她们正坐电梯上行,去做弥撒——天堂里的女人去向来世,去到时间的尽头。

回研究所时,我顺着崎岖的小路上山,脑袋里冒出了一个简单明了的想法,能明确回答这个困扰了我很久,又没人愿意回答我的问题:我像一个听话的、高薪的士兵一样参与的研究到底是什么。这想法既简单又疯狂,所以这很可能是真实的。我又想起了来到这儿的第一天米莉的那个天真的问题:"您没想过克隆一个它吗?据说人们在中国已经这么做了。"

我把研究孩子们的文件包放在面前,点了根烟。我看着他们的出生日期和时间,好像这项研究的一部分是确定他们的星座。谁知道呢,也许这也是计划的一部分?我用铅笔在每一个日期和每一个名字上都写下了那些神秘的符号。

我已经完成了单纯的研究,人物轮廓也绘制完毕,我在等待最终的数据,它们通常以图形显示,大概是十几条预测线,电脑计算出了所有特征,然后围绕其创建的轴进一步细化。基本图形看上去像一棵树,主要枝干的厚度各不相同。其中最粗的、轮廓勾勒得最清晰的往往数据可信度最大。我已经见过这样的大树,看起来像枝繁叶茂的猢狲木,有数百个分支——代表了无限可能。

我浏览着这些文件,给数据组排序,突然,一阵剧痛袭来,那种痛我很熟悉,让我不时想起守卫秩序的门卫。这时,在痛苦的临界点,就在痛苦缓解之前,那些用来标记受测试的孩子的文件和标记,日期和符号,以及修道院大门上方的铭文,丹妮的微笑,黑松露和米莉问到我死去的小狗时的担心的眼神——一切开始像雪球一样在我的脑海中滚动,一路上扫过的一切使雪球变得越来越大,越来越紧凑。事情变得清楚了。我只是不确定字母后的数字是什么意思,也许是实验的次数或实验的某些版本。米莉——Kl 1.2.1①,朱利安——Fr 1.1.1 和麦克斯——Fr 1.1.2,汉娜——Chl 1.1.1,阿米利亚和茉莉亚——Hd 1.2.2 和 Hd 1.2.1,爱娃——Tr 1.1.1,维托和奥托——JhC 1.1.2 / JhC 1.1.1,亚德里安——JK 1.2.1。蒂埃里——JN 1.1.1。

很简单:

阿内什的圣克拉拉——尸体未曾腐烂,从十九世纪中叶起放置于圣卡拉拉大教堂的水晶棺中。浅色头发保存完好。圣弗

---

① Kl 是克拉拉的缩写,以下同理。

朗西斯——骨架保存状况良好,存放于阿内什的圣弗朗西斯大教堂。西里西亚的雅德维嘉——骨架同样保存完好,圣体由克拉科夫教会分派,她的无名指指骨存放于波兰西部的一座教堂之中。圣希尔德加的一小部分骨头。被称为"小女圣"的圣特雷莎的部分身体不断地在世界各地朝圣。还剩下三个人我无法识别,但是只要再单击几下即可完成。我感觉自己正在玩井字游戏,在方格里画出一个漂亮的圆圈。

早上,我收拾好了行李,给一个月前带我到这里的出租车司机打了电话,请他来接我。在学校外面等车的时候,我看到米莉坐在栅栏上。她微笑着,我走近了她。我激动到无法说出一言半语,只是关心地看着她,看着女孩天真的脸,看着她脸上的红晕。

"克拉拉?"我终于用几乎听不到的声音叫了出来。

在我犹豫了一会儿,把她的手放在我额头上的时候,她一点没觉得奇怪。只过了几秒她就明白了过来,于是又摸了摸我的眼睛和耳朵,然后把双手放在了我的心口,那是我最需要它们的地方。

人类的节日年历

冬。灰色日子

　　按摩师伊隆最了解莫诺迪克斯的身体。他是个不可替代的大师。他熟悉莫诺迪克斯身体的每一寸。当他伸出手,就可以用手指重塑这具身体,创造出由轻触、抚摩和轻拍组成的难以企及的魔幻般的感受,来刺激血液循环。他确知每个伤疤的位置和它们愈合过程中的每一种状态。他知道哪里的跟腱断裂了,它们是否还能长好;哪里出现了血肿,它们是否能被吸收。他了解每一处肿胀,每一条缝合线,每一个骨折后的痕迹,每一块肌肉群——这是他的工作领地。在二十四年的经营中,他一直十分谨慎。这是他父亲从前的事业。伊隆还知道,有一天他会失去这份事业,因为他没有儿子可以把这份事业传承下去。

不过他有个女儿。

前不久,警察把她送回了家。从那时起,按摩师伊隆每天检查她回家的时间,仔细闻她身上的气味。有一次还给她做了毒品检测,不过什么也没查出来。奥蕾斯塔的问题具有不同的性质。这个女孩似乎患有某种躁狂型的抑郁症,可能得归因于激素和青春期躁动。

长久以来,他对女儿有一种持续且不断增长的巨大负罪感。这倒不是因为他无法面对奥蕾斯塔母亲的病痛和逝去,也不是因为他没有时间陪伴女儿,更不是因为即使在他不工作,更多在家里的时候,他也不知道该如何跟她说话,或者就算他们已经开始对话,他也不知道跟她说些什么。不是因为这些。按摩师伊隆只是很后悔让奥蕾斯塔出生,因为她的生命中几乎没有什么好事儿。他就是这么想的,所以一想到他赋予了她生命,就觉得痛心,他和妻子压根儿就不该想到要生个孩子。奥蕾斯塔是他的疏忽,他的罪过。

她已经 16 岁了,但看起来仍然像个孩子。她有一头长长的鬈发和一张同他肖似的脸庞,所以看上去并不漂亮。他担心她的未来,尽管他很清楚她无法继承他的工作,但还是把自己的手艺传授给了她。但是,实话实说,她根本没投入地学习过。

有一次她放学比较早,但那会儿他正要出门,她说:

"伊隆,我的女性朋友要来我这儿过夜。"

他吓了一跳。他用一种客人的眼光看了看住处——很难不注意到这屋子又乱又暗。他没有反对,只是想再多找一把钥匙。这时他得知她的朋友叫费丽帕,她们已经认识几个月了。

晚上,当这女孩来到家里的时候,她的外表令他惊讶。他觉得她比自称的年纪要大得多。她是个成熟的女人,即使身材有些男孩子气也无法掩饰。她们相互亲吻嘴唇以示问候,而对他伸出手算是打了招呼。她看着他的眼睛,时间很短,但却如此有进攻性,以至于他收回了目光。然后,她们叽叽喳喳地消失在了奥蕾斯塔的房间里。他早晨起床时,屋子里仍然寂静无声。

按摩师伊隆从家步行二十分钟才能到达上班的地方。他先要沿着一条污染严重的河流走,黑色的河水发出低沉的咆哮。然后越过一座桥,每天人们都在桥上抗议。抗议主题好像是很久以前的,也没哪个路人还记得到底是为了什么。人群沉默地站在那儿,从早上到中午,用黑胶带封住自己的嘴巴,然后午休后换第二批人继续。

桥后面是政府所在的区域,他必须出示通行证才能进去。这里空空荡荡,城市的声响在碎石铺就的小巷里融化,在破裂的屋檐上扭曲,在大门上反射成堂皇院落里的奇怪回声。

　　有时按摩师伊隆会感到不安，觉得墙上的水坑和污渍在以某种方式联系、交谈，它们摆弄着自己的形状，相互交流，闲聊着这个黑暗城市里的人类。总有修理队从眼前闪过，来修理些什么东西。焊接时，城市会一瞬间变得美好——火花四溅，锈色水坑捕捉到它们的光芒，在水面上倒映出来。

　　伊隆不懂消磨时间，所以一旦进入自己的王国，就立即开始准备设备，混合油脂，制作药膏。有时他会做些清理的活儿，他对清洁女工的工作不尽满意，总觉得她打扫得不够细致。灰色日子到了春天的时候，他的工作强度很大——每天早晚进行两次全身按摩，此外还有单独的足部按摩和指压按摩。这时他就会让专门分派来协助工作的"雷控"帮忙。几天前，伊隆还决定使用普莱西电流，这是过去十年间由大学里的科学家发明的，能以一种不同寻常的方式刺激结缔组织。每次完成按摩之后，他还要把各种哪怕最细微的变化记录在"人体地图"上。晚上通常是他准备各种按摩用品的时间。

　　根据传统，每一季结束后都要把工具储存在特殊的金属柜子里。年复一年，按摩师伊隆在每一次"大日子"之后都重复着同样的工作——拧下随时存放着按摩工具的储物柜上生锈的螺丝。螺丝被水分腐蚀，上面掉下了深红色的粉末。小时候，他对做着和他今天一样工作的父亲说，螺丝流血了。他父亲也是一名"雷控",做了三十八年按摩师,直到去世。按照传统,伊隆子承父业,继承了父亲的衣钵。可惜,由于他只有一个女儿,将来他不得不把自己的事业转交给其他人。那个人是阿尔多,另外一个"雷控"的儿子,必须承认那是个聪明的孩子。伊隆耐心地教他,但内心充满痛苦。虽然随着时间流逝,他渐渐适应了这种痛苦。

铁锈落在他的手指上,袖子也沾上了粉尘。金属的储物柜已被腐蚀,柜门无法很好地贴在墙上。以前的贮物柜是塑料的,但一种特别培育的细菌腐蚀了它。人们提前将这些细菌放到大海里,这样海里的塑料垃圾就能被分解掉。然而随着时间推移,这些细菌飘到了陆地上,把世界上所有塑料制品都腐蚀掉了,只剩下些塑料的残骸,如同人类文明的幻影。由于细菌无法被消灭,人们重新开始使用金属。然而金属总是稀缺的,价格昂贵,所以凡是可能的地方,人们都用橡胶和木材替代。按摩师伊隆的保险箱用最好的金属制成,只不过这种金属也不可能不生锈。另一个困难在于它们是用半圆头的螺丝钉住的,而多年之后,圆头磨损,凹槽变浅,拧紧和拧松它们都是件费劲的事儿。

"大日子"之后的时间是属于外科和骨科医生的,这时通常会做些骨折和瘀伤的诊断,以及在紧急情况下及时进行救治。用石膏来处理骨折,增强骨骼的耐受力。还要详细检查脑部和心脏,验血。十二年前发生的危机不能再出现了。那次,莫诺迪科斯患上了代谢性酸中毒,连续几天吉凶未卜。大家吓坏了,伊隆眼睁睁看着医生们辛苦努力,束手无策。

一个由各方面专家组成的团队每天都要开个短会。伊隆与药剂师们相处得不错,他喜欢他们的思维方式:一切都有药可救,没有绝境一说。他经常去看他们工作:捣碎、碾磨、混合。当他把身子探到准备膏药的大桶上的时候,鼻子里混合着珍贵的蜂蜡和薄荷以及桉树的味道。他对疤痕最感兴趣。有时,那疤痕是如此厚,如此深,以至于影响到他那无所不能的手触及肌肉。他的手不得不在那些疤痕间蹒跚前行,就像在岩石之间航行的小船。有些地方,比如手和前臂,上边有些从未完全愈合的疤痕。所以他在用最好的橡胶制成的"人体地图"上练习,那个地图详细体现出莫诺迪克斯身体的每一个哪怕是最微小的细节。在这个模型上,他深思熟虑地准备着每一个按摩动作。

他在家里——除了奥蕾斯塔没人知道——有另一个"人体地图",这是非法的。他在门廊里建了个家庭工作室,把它放在那儿,给它盖着毯子,但是人体的形状总是从毯子下面显露出来,这让他感到内疚。莫诺迪克斯真正的、活着的身体在"地下宫殿"中,那是一个安有空调、不断消毒的特殊房间,在那儿他身上插着输液管,无影灯从头顶照下,周围摆放着所有必需的设备,这时莫诺迪克斯才能得到真正的休息。按摩师伊隆家里的那个私人的、非法的"人体地图"是他父亲留下来的标本,又历经他多年不断完善。每天,他都在这个橡胶模型上花费几个小时,耐心地对它进行更改,绘制出真实人体的每一寸。"人体地图"是一个柔软的橡胶假人,曾经非常柔韧、有弹性,不过现在已经很脆了,容易破裂。橡胶在触觉上与人体相似,虽然比较细腻,但是有耐受力。当他把"人体地图"拿出来放在按摩桌上时,他觉得自己正在参加某种仪式,正在做一件神圣的、与众不同的事情。与其和这种奇怪的感觉对抗,不如与之和解。于是他将假人放在桌子上,发现橡胶假体完全裸露着。这时他退后一步,草草地鞠了个躬。当然在此之前,他已经对橡胶假人做了对莫诺迪克斯真实身体相同的清洁仪式。他知道这很荒谬,但是这个过程能让他更好地集中精力,将所有力量集中于双手。他曾经试着驱散悲伤——他不记得那是在妻子去世后不久,还是过了许久,他已不再想她,尽管他的忧伤永远存在——他花了很长时间安静地重塑莫诺迪克斯的脸。他设法重现了他的长脸、大眼睛和细长的鼻子,似人非人的面孔。他知道这是在亵渎神灵。处理疤痕时,他用黑黄色条纹围巾遮住了脸。他留着这个"人体地图"是为了让奥蕾斯塔练习。而做出这张脸,是为了经常让自己感到不安,不要忘了自己在做什么。

在这段忧伤的"灰色日子"里,湿气无处不在。在它的影响下,所有的螺钉、铰链、接头和焊缝都被腐蚀着,而他与女儿的关系通常会在这段时间恢复正常,也许现在也要归功于费丽帕越来越经常在他们家过夜。不久前,奥蕾斯塔开始来门廊找他,默默看着他准备工具,把所有信息输入到"人体地图"上。

她总是帮他给螺丝除锈并清理工具箱。这时他偷偷地看着她的手——这手是否适合这份工作?是的,适合。她的手很大,指甲很漂亮。手指不算细长,这很好。因为她的手指坚定、有力。总是很温暖。

然而他还是喜欢自己清理工具。他仔细擦拭每一个最小的部件。这都是些用来刺激肌肉的旧电极、拉伸器、膨胀器、橡胶垫,用来加热脊椎的火山石和许多其他按摩用的小工具。这些都是父亲传给他的,很快他也要把它们传给阿尔多。女儿把抹布递给他,拧开装清洁剂的罐子。有时她会用加醋的水擦拭橡胶垫。他们没有说太多话。他看到她用粗糙的纸擦拭因无处不在的湿气而产生的绿锈,很快就感到无聊了。

"奥蕾斯塔,过来,咱们练习一下。"他突然劝她。他有时候控制不住自己,把手权威性地放在她肩上。这动作意味着,他终究是她的父亲,他关心她。

"为什么呀?这纯属浪费时间。"她通常这样回答。这次她听话地站起身,然而并不是为了练习。她转身面向着他——就像她还是个孩子的时候——把头靠在了他的胸腔上。他僵住了,又意外,又感动。

"爸爸,这一切会如何结束?这肯定不会永远持续下去。"声音穿过他的衬衫、他的胸腔,她并没有看他。他的心剧烈震颤。

这问题她问过很多次了。但他从没回答过。

女孩走到"人体地图"的前面,拿开耷拉到地板上的毛巾,露出了肚子和胸部的大量标记。那是许多的线条、圆圈、锯齿形、阴影框,看起来像一幅战地地图。通过不同颜色的铅笔标记,可以清楚地看出身体被破坏的过程。

"这是什么?"她指着一块半个手掌大的灰色区域问道,"又是剑伤?"

他很高兴,她记住了他教给她的术语。

"不,这是无声区,"他回答,却没有看她,"他身上的无声区比几年前又多了一些。"

他没有把所有事都告诉她。他从未对她说过五年前的那次,莫诺迪克斯的生命活动回来了整整三天,就再次消失,变得越来越虚弱。四次非常猛烈的复苏也没用,接着,栓塞发生了,他必须对已经死亡的身体进行手术,并希望莫诺迪克斯能够醒过来。可以说,莫诺迪克斯五年前的那次复活过程特别猛烈,他的大脑再次受到重创,然后身体右侧(包括面部)瘫痪了,这一切都能非常明显地看出来。一切都出错了。

"这意味着,他已经没有知觉了,是吗? 神经受损了?"她问道。

他承认了。

"把他盖上吧。"

他看向她。当她看着假体,手指顺着上面的线条滑过时,她光滑的脸颊泛起红晕,黑色的头发遮住了半张脸。突然的感动攫住了他。他从没像爱她这样爱过谁。他哽咽地咽了下唾沫。

"好吧,咱们再来学习一下。我每天都会教你。"他把抹布放到一边,走到了她的身边,"把手给我看看。"

她不由自主地伸出手。他用力地抓住它们,紧紧地握了一会儿,然后将它们放在嘴唇上,向它们吹气。她因这种突如其来的温柔尴尬地抽回了手。

"你有一双很棒的手:大,有力,温暖。你很强大,也很聪明。你能够将触觉呈现出来,能借助想象力做出优秀的'人体地图'。"

"爸爸,可是这没有意义……我觉得恶心。"她转过身,似乎要出去,但站在门口想了一会儿说,"你做的事让我觉得恶心。"

早　春

　　他是三十二年前出现的。当时应该还有其他人，尽管大多
数人很难想象出其他人的样子。和他一样吗？怎么可能呢？毕
竟莫诺迪克斯只有一个。独特的，唯一的，完全的，就像大人告
诉孩子们的那样，"完整的"。从那以后，这些孩子一天天长大，
觉得自己不完美，不完整。莫诺迪克斯这个名字没有复数形式，
这种独特性某种程度上成了他神圣性的条件，所以没人提起其
他人。如果有其他人存在，人们将走向多神论的歧途，那是一种
原始而幼稚的信仰，相信奇迹可以是普遍的，可复制的。但那样
的话，奇迹将不再是奇迹。这就是为什么没有人提到其他人的
原因。

　　当大家最需要他的时候，当塑料灾难不仅摧毁房屋、工厂
和医院，还质疑了一些理念的时候，他来了。战争让破坏更为彻
底。掉落的卫星就像子弹，像刺向地球的刀。人们想不出词汇，
而一旦人们缺乏词汇，就无法使用它们描述那个即将被遗忘的
世界的一部分。无法描述，就没有人想到这个部分。既然没人
去想，它就会被遗忘。不存在，就是如此简单。

　　所有人都以为他是应他们请求而来的，以为他回应了他们
的祈祷。圣诞节的赞美诗中说"地狱之门被打开了"，然后人们

就是否存在一个与"地狱"相反的词进行了长时间讨论。但是，没有，没有这样的词。至少，没有人记得这样的一个词。对伊隆而言，"地狱"一直与盒子上的螺丝联系在一起。他想象着那些地狱之门打开时发出的响声，就像他工具箱开合时的声音。唯一不同的是，那声响全世界都能听到。莫诺迪克斯来了，实际上——按摩师伊隆认为——我们就应该默默地忽略掉，是否有其他人和他同时到来，以及关于他从哪儿来、如何而来的所有讨论。这是高中生讨论的话题，真正的清醒之人不需要这样的琐碎探讨。

他出现了，允许人们把他关起来，他把自己交给了人们。从那以后，世界上所有的邪恶都被制止了。至少每个人都相信是这样的。

奥蕾斯塔最近很少回家。这时他就会进入她的房间，站在中间，看着属于她的东西：几本书，扔在旧椅子背上的一件睡衣，一把滚梳，一根根头发在上面闪着光。他看着她的黄色绒毛狗，她还没学会说话的时候叫它"小饺子"。他看着她的梳妆台，那里精心摆放着她妈妈留下来的化妆品，放在木盒里已经干掉的口红，空的香水瓶，瓶里的香气早就分解成了原子。他看向书架，那上面还放着她小时候看的书——英雄历险记和粉红公主的插画童话。一次,他在学校发的课本中发现了一些小册子,封面是红色的,里面的书页粗制滥造。其中一本的题目是《需要改变的世界》。温和革命的哲学。他打开这本册子,眼睛停留在封面内侧,她在那里用铅笔写下了一些句子,每个句子后面都有一个问号。他不由自主地记住了那些句子,但对自己的记忆力感到愤怒,因为从那以后他再未有过片刻安宁。

"既然世界是按照人类需求而建,为什么我们总觉得世界的力量高于我们? 为什么自然的事物令我们觉得恐惧或可耻? 如何分辨好坏? 纯粹的判断力从何而来? 为什么世界上总是缺东少西? 为什么食物、金钱和幸福感总是缺失? 为什么会有残酷之事发生? 对此并无任何合理的解释……为什么我们可以像看陌生人一样看着自己? 我们是用同一只眼睛看别人和看自己吗? 我们是谁,来自哪里? 莫诺迪克斯是谁? 是好人吗? 为什么他这么软弱,允许人们对他做这一切? 我们的世界得到救赎了吗?"

他看着她稚嫩的笔迹,字母"g"和"j"还柔柔地拖着一条向下的尾巴。还有一些小黑点,像雨点一样悬挂在文字的上面,仿佛这所有问题会像雨滴一样四处飞溅。

一天晚上,他回来晚了,发现她房间里还亮着灯。他轻轻地敲了敲她的门。她迅速关了灯,假装自己在睡觉。他没有上当,还是走了进去,坐在她的床边,把她的头发从脸上拨开。他想,他要尽己所能回答她所有的问题,但他害怕女儿发现他翻了她的东西。

"这世上存在拯救经济学。"他说,"所有的好事都要付出高昂的代价。我们既不了解,也不会使用这种经济学。我们的会计师很差劲,他们目光短浅,知之甚少。要获得利益就必须付出代价。这就是这种经济学的全部含义,简单而正确。三百一十二年来,这个道理显而易见,正因如此,每年在最黑暗的日子之后都会出现'大日子',以及它之前的日子。你明白了吗?"

她在他讲话的时候并没睁眼,但是眼皮一直在颤动。过了一会儿她说:

"爸爸,费丽帕将和咱们一起住一段时间。她将睡在我的房间里。"

精心打造的亲密时刻破碎了。

"我是个'雷控',我不能轻易同意随便什么人住在我家里。"

"爸爸,就几天,最多一星期。她没有地方可去。丈夫打她。抢走了她的孩子。"

伊隆震惊地站起来,感觉外部世界突然闯入了自己的生活。

"你到底是怎么认识她的? 你不该跟她做朋友。"

她生气了：

"我有我的自由。这也是我的房子，我妈妈留给我的。"她扔下这句话，把脸转向了墙。

春。现身日

今年"现身日"的庆祝活动比较简单。因为大雨的关系，典礼在"宫殿"里举行，全程摄像，只向公众播放电视节目。节目中，身着礼服的莫诺迪克斯成了"承载未来"的弗洛斯。他裸露的手臂和胸部闪闪发亮，很难想象化妆师在此之前花了数十个小时为他化妆。莫诺迪克斯美丽的、具有个性的脸庞看起来棒极了。况且，镜头也从没靠他太近。

伊隆同阿尔多一起站在摄影棚里，他为自己的工作成效感到骄傲。莫诺迪克斯还无法走路，不过他的脊椎状况良好，折断的肱骨也很快就愈合了。"现身日"仪式结束后，他立即被带回了"宫殿"，伊隆没有再用按摩打扰他。莫诺迪克斯得独自一人吃晚饭。

伊隆也独自一人孤零零地回家。人们开始走上街头购物。经过了冬天的"灰色日子"，他们的脸色有些苍白。摊位上有了早春的花朵。期待已久的节日开始了，这是属于美食和饮料的欢乐节日,这是爱、孕育和规划未来的节日。"现身日"令世界回归原有轨道,向人们保证一切都会如约而至。

他走得很慢,看着这座城市,因为圆满完成任务而满足,一直是这种成就感有效地让他没有陷入忧郁。雨水冲走了无处不在的铁锈,形成了一条条红色的小溪。这些溪流凭直觉驱动,顽强地汇入河水之中。由于时处假期,桥上没有抗议活动,他觉得有些荒凉。他买了头茬蔬菜和开花的连翘枯枝。自从费丽帕在家里做饭以来,他就不再采购了,只是把钱放在桌子上。这些钱在两个女人的手里神奇地变成了精美菜肴。今天费丽帕又会想出些什么菜?还有什么菜是费丽帕不会做的?她们经常把食物给他留在冰箱里,因为他常常回来得很晚。而他晚归,是因为不想和她们一起吃饭。他因为费丽帕的存在而担心,觉得她无能为力,只能黏在某人的身边,模仿别人的生活,就像一个飞蛾,翅膀上有树皮的纹路,而树已经不复存在了。

伊隆一直在想同一件事——莫诺迪克斯的身体。

莫诺迪克斯身体干燥,呈褐色,尤其是小腿和手臂。他的皮肤很粗糙,最好的润肤露也吸收不了。有些用于润肤的混合物是在宫殿实验室里专门为他制作的,整个药剂师团队都为他的皮肤工作,并且每年为他准备新的护肤套装。他那细长的、千疮百孔的身体躺在一张布满传感器的桌子上。他的呼吸很均匀,睡着时每分钟 33 次，醒着时每分钟 40 次。伊隆对这个节奏十分了解。当他听到这个声音时，立刻就能平静下来，甚至可以说进入到一种冥想状态。

第二天，他们开始工作。

"给我按摩油。"他扭头对阿尔多小声说。男孩小心地滴了几滴油在伊隆的手心。他们闻到了精油强烈而刺鼻的气味。莫诺迪克斯的后背动了一下，仿佛深吸了一口气。阿尔多盯着老师的手，紧张地看着他手掌和手指的每一个动作。这些微小的动作产生了一种精细的振动，来治疗莫诺迪克斯。他在学校学习物理治疗时成绩很好，为专业技能培养做了充分准备。他知道每条小肌肉的希腊语名称。伊隆一次次偷偷地看他，享受着被他崇拜的喜悦。他努力像爱儿子一样去爱他，因为他知道，如果没有这种爱，他将无法向他传授这项工作中最重要的东西，一种奇怪的、柔软的感觉。这种感觉会突然从身体深处的某个地方出现，使我们所有的"我"做好失去边界的准备。这是一种同情心，没有它就无法帮助任何人。阿尔多有这种同情心，他不仅有才华，还很敏感，但是伊隆还是宁愿奥蕾斯塔能接他的班。

"看到了吧，"按摩师伊隆对自己的徒弟说，"按摩可以令时间稳定下来，因为只有身体的时间才是真实的。但是破坏它非常容易。如果没有按摩师，世界将陷入混乱。"

　　莫诺迪克斯今天平静而轻松,也许是昨天晚宴上的红酒的作用。他一定是睡着了。伊隆按摩时从不说话,莫诺迪克斯不喜欢他这样。伊隆的父亲给他按摩时总是给他放音乐。但是后来就不放了。伊隆知道,早在二十五年前,莫诺迪克斯被击中头部之后,就几乎什么也听不到了。他的整个颞骨破裂了,骨头碎片损坏了他的大脑。手术持续了很长时间,人们在他的大脑中置入了功能强大的显微镜,专家把那些比头发还细的神经重新连接了起来。从那时起,莫诺迪克斯就不说话了。他们通过研究发现,所有的大脑损伤都已修复,但莫诺迪克斯甚至没有尝试去说话,好像他失去了与周遭交流的兴趣。伊隆还是在给莫诺迪克斯服务的第一年听到过他的声音,不过现在已经记不清了。他只记得,当时觉得他嗓子像"破锣",但到底听起来如何,他已经不知道了。

　　阿尔多依旧钦佩地看着按摩师伊隆的手,这位"雷控"是个康复大师,以后他会继承他的衣钵。他知道,过一会儿他要在"人体地图"上重复一遍师父做过的触摸、抚触、揉捏的全部过程。伊隆小声说:

　　"你看着我做,看我如何通过一个动作深入到皮肤下面深处的肌肉之间。我可以通过触摸来区分肌肉本身及其附着点的能量,它们是不同的。看这里,这里的肌肉在轻微地振动,每一块的振动是不同的。附着点就不振动,这与输送血液的血管有关。血液是个奇妙的发明,阿尔多。"伊隆嘀咕了一声,将声音降低到难以听到的程度,几乎只能看到他的嘴唇在蠕动,"他的血液成分略有不同,携带的氧气更多,这从他的手指上也能感觉到。"

"能感觉到氧气?"

"不,不是氧气。早晚你自己就会感觉到,这具身体有更多的意志,更多的力量。你自己会看到。"

男孩沉默了下来。当他接下来在"人体地图"上工作的时候,伊隆回到了血液的问题上:

"大约四十年前,我们非常仔细地检查了他的血液。我们知道它的组成,但不确知这种组成能产生什么。他的血液与我们大家的没太大区别,只是氧化程度过高,但我们不会利用这种血液。我觉得,如果有可能,我们会利用它。"他退后一点,以便男孩可以更好地看到自己在做什么。"如果他有医用价值,我们就会饲养他,在他身上提取血液。"他补充道,突然被自己的话吓了一跳。

男孩不安地看着他,然后假装什么也没听到,移开了视线。

伊隆很清楚这不安从何而来,他自己也宁愿不去想这些。以前,当与莫诺迪克斯有关的医学实验还被允许的时候,人们认为，如果将他血液中的血清注射到人体内，所有的疾病都能被治愈。可是在更换当权者之后，这些实验被弃之不用了。说实话，这令伊隆松了口气。如今，人们不相信莫诺迪克斯有身体，尽管生活中的一切都基于他身体的变化进行。人们也不再说他"流血了"，而说他"变红了"；他不是"挨打了"，而是"被触碰了"；他没有受到"撞击"，而是被"触碰"了；不是"腿断了"，而是"肢体被撞"。在某种程度上，伊隆和其他"雷控"，以及药剂师，是一个秘密组织，处理的只是模糊存在的东西。如果在媒体上大肆讨论我们的大兄弟莫诺迪克斯、"承载未来"的弗洛斯的肝脏状况，那可就是丑闻了。

在治疗中心巨大又空荡荡的食堂吃晚餐的时候，伊隆偷偷地端详着阿尔多，产生了一个疯狂的想法，或许可以介绍他与奥蕾斯塔认识。作为阿尔多的妻子，她就可以进入治疗中心，他们可以一起工作。阿尔多比奥蕾斯塔小，还很男孩子气——这就像俩小孩儿结婚。

他的手越过桌子伸向阿尔多，向他展示手掌的里面。他还能感觉到给莫诺迪克斯按摩后留下的痕迹。莫诺迪克斯总是这样感谢他——用手指轻轻碰他的手掌。这之后大约十几分钟里，伊隆都能感觉到这个地方好像被轻轻地电击过。阿尔多用指尖怯怯地抚摸着手掌，可能感觉到了掌心微妙的震动，因为他抬头看向老师——带着惊讶和尊重。阿尔多在按摩的过程中仅仅是助手和见证人,还不能触摸莫诺迪克斯,只能在旁边站着,伸出头,尽可能看到更多的东西。这让伊隆想起了多年前的自己,那时他就这样站在父亲身边。

伊隆的父亲创造了记忆与身体存在联系的理论,这个概念如今已在按摩师们的意识中得以确立。但是三十年前人们都觉得这个想法是一场骗局。父亲坚持认为,对身体的每一寸刺激都会唤醒他本身的记忆,而且身体表面有一些点能与记忆流产生联系。他对数百人进行了研究,并创建了多维地图。因为他发现记忆传感不仅位于顶层,在多个深层也有表现,所以皮肤的记忆模型必须是多维的。

随着时间的流逝,人们普遍认识到,身体保存了对以往事件和经历的记忆,将它们像存档一样保存在里面。现在,没有人会否认这种被称为自我研究学的显而易见的科学论断,也没人反对以伊隆父亲的名字泰奥命名的基本定律:身体的肌肉层越深,越靠近太阳神经丛,那里储存的记忆就越早。如今,医生,尤其是按摩师和心理治疗师广泛使用"人体地图",因为他们知道可以通过适当按压和按摩来释放最微小的记忆。

伊隆的父亲就是用这种方式为莫诺迪克斯服务的,那会儿莫诺迪克斯还能说话。但是泰奥听到了些什么,莫诺迪克斯有什么样的记忆？父亲做了些笔记，但肯定没把这些留给儿子。也许他把笔记销毁了？也许没有人需要知道莫诺迪克斯来自何方，他又是谁。也许最好不要问这个问题，因为莫诺迪克斯不该有任何过去。他的故事始于三百一十二年前的那一天，那时人们在沙漠中发现了他。

但是按摩师伊隆在自己私下制作的"人体地图"上，在那个藏在门廊里、从泰奥手里继承下来的、某一天该由奥蕾斯塔继承的地图上，看到了他父亲留下的东西：浩如烟海的无意义的标记，所有可能的组合——无所不含。

春

春天，费丽帕和他们住在一起。她的内衣晾在浴室里，每每看到，伊隆都觉得尴尬。冰箱里专门给她留了一格摆放装有抗过敏食物的容器。黎明时分她出门上班（他还不知道她到底是做什么的，她总是躲着他）。他很少碰到她，只有每周日一起吃饭的时候会见上一面。奥蕾斯塔安静了一些，开始努力学习，一年后她要参加考试，之后打算升学。但是女孩必须比男孩得到更高的分数才能升学，分给她们的名额总是不够。伊隆仍然希望能凭自己的地位让她继续学业。他在这方面做了些什么？他曾鼓起勇气,去请求"雷控"总长的庇护。总长理解地点了点头,看起来乐于帮他。总长的举动几乎掩盖不住自己的优越感,他有三个儿子——所有人都准备做"雷控",其中一个儿子将来要接任父亲的职务。

伊隆几乎每天都和"雷控"总长见面。总长是一个高个子,留着灰白的胡须,从不表现出任何情绪。现在每个人都有很多工作,因为莫诺迪克斯今年病情恶化,伤口不再像以往愈合得那么快。"雷控"总长给大家分配了具体的任务。大家怀疑莫诺迪克斯被感染了,但没人知道该如何治疗。伊隆尽量轻轻按摩莫诺迪克斯。有时候,他是如此害怕碰摸这个可怜的、受伤的身体,所以只进行安抚性的抚触。药剂师想到用北方苔藓制成的新型复合材料,这种材料具有再生和刺激作用。他们每天早上给莫诺迪克斯全身涂满药膏,并在他面前摆放一只装有芳香精油的碗,这精油具有辅助治疗的作用。就这样,莫诺迪克斯变成了一个半躺着的、浑身长满深绿色苔藓的雕像。整个春天,伊隆都在他自己的"人体地图"上绘制新的标记。在泰奥偷偷写下了"童年——水"的地方,他的儿子伊隆在上面写道:"破裂的二头肌";在写有"黑太阳图景"的地方,他又添加了"断裂的阿喀琉斯的跟腱";在小字"母亲"(带有问号)下面写着"臀部上方的血肿"(呈深紫色,几个月前愈合,至今尚未消失);另外还有"旅行的同伴""海上的白色曙光""着陆""左手掌骨骨折""踝关节脱位""膝盖骨碎裂""内出血"(做了特殊标记)和"胰腺损伤"等。橡胶假体被这一大片描述了病痛的标记覆盖着。

近年来,"回归"总是来得晚了一点,不过不太明显,一般也就晚几秒。这让"雷控"们非常担忧,尽管在"大日子"的年度转播中,全世界的镜头都集中在莫诺迪克斯的手上,他手指的第一个动作快慢几秒其实是难以察觉的。全世界的观众都能意识到这种延迟吗?伊隆觉得不会,没人能真的注意到。即使有人注意到了也不能说,所以也就不会被公布。况且,人们的注意力都集中在冰箱里的食物上,集中在已经准备好的用一根普通火柴即可点燃的蜡烛上,集中在已经调好音的乐器上,马上全家就要一起弹奏并唱起《有位客人来到寒舍》。只有"雷控"们知道那几秒钟的延迟,知道满是铜线和灯泡的灵敏仪器测出的前几拍神经反应有些微弱。伊隆担心,如果某一次失败了,那么"现身日"就无法举行了。那可就是世界末日了,到时候他就成了罪人,不再值得信赖。因为三百一十二年来,每年都定期发生同样的奇迹,莫诺迪克斯、弗洛斯、"未来承载者"醒了过来。从那时起,按摩师伊隆几乎就没有离开过工作。代表了秩序、满足和满意的整个"瑟拉"期间,都是这样,莫诺迪克斯在整个"雷控"团队的努力下恢复了过来。

夏至。和谐

"和谐"时间从每年唯一的一次绕城漫步开始。它看起来是自然的、自发的,其实经过了精心准备。警察走在民众的后面,与他们保持着谨慎的距离,守卫着这支不算长的队伍。保障车辆的两侧写着"鲜花",里面配置了最先进的救护设备。稍远处有一辆大巴,深色的车窗后坐满了士兵。

坐在轮椅上的莫诺迪克斯和他身边零星的群众护卫出发稍早了些,正好在中午之前,想享受一下这美丽的夏日阳光。因为气象学家预报,今天下午会下红色的雨。"雷控"总长亲自推车,身后跟着机警的护卫队。伊隆和阿尔多走在队伍后面。伊隆从他的位置看到了莫诺迪克斯宽阔的后背和戴着帽子的头。大大的墨镜将他那小小的长脸遮住了一半。

游行队伍跟往年一样经过集市。清晨人们就等在那里了,尽管张扬地表达热爱在这里是被禁止的。他们不能靠近莫诺迪克斯,但即便如此,他们还是友好地挤在一起,气氛变得轻松起来。在莫诺迪克斯身边,人们的心情总能得到改善,彼此间的信任增加,每个人都感到振奋。莫诺①,我们的兄弟,从帽子下

---

① 莫诺迪克斯的简称。

面向大家报以微笑——这笑容有点扭曲和痛苦。帽子未能遮住所有的东西。人们通过护卫送给他一些小礼物——一束鲜花,一些巧克力,一个胶皮正在脱落的古董熊。"雷控"总长从他手里把这些东西拿走,给了后面的人,然后这些东西就消失在了护卫携带的袋子里。

伊隆趁机小声地教导年轻的阿尔多:

"你看,他的头保持得多好,昨天我给他做了颈部按摩,马上就有效果了。在这个季节,按摩必须柔缓,令他放松。因为这时候他的肌肉已经基本恢复了,皮肤下面甚至出现了薄薄的脂肪层,这样皮肤本身就会变软,而且比较滋润……"

他这么说着,可是阿尔多只有一只耳朵在听。他侧着身子,想越过人群看看前面发生了些什么。那儿似乎有点儿骚动,整个队伍都停住了。

每年,莫诺迪克斯都喜欢在卖 T 恤的一众摊位前停一会儿,那里有一个小型表演。被挑选出来的卖家——通常是些按时缴税并且遵纪守法的公民,穿上自己的 T 恤在莫诺迪克斯面前走动,展示衣服上最幽默的印字。这时他总是微微低下点儿头,抬眼看着他们。他的才智与人类略有不同,可以说更具合成性。也许这就是他为什么喜欢 T 恤这种奇怪的媒体表达方式,而不是报纸和贫乏的电视新闻。在这些人的身上能看到以最简洁的形式展示的整个世界及其问题,带着戏谑和嘲讽,和那些最好的爆料。那些能让他目光停驻的 T 恤立即身价大涨。通常到了最后,年轻人会挤过犹豫的(或者对此有所准备的)卫队,越过警戒线,不过他们年轻清瘦的胸前的印字就一点都不好玩了。这些印字表达了人们的诉求:停止边远之地的战争,修改法律使之更加公平,女性应有平等的权利,席卷全球的盐酸锈造成的生态灾难应当被禁止。通常情况下,最终一切都会圆满结束,青年人被温和地驱散,莫诺迪克斯坐着的轮椅在这些摊位之间继续前进,一直到达广场,他会在那儿单独待一会儿,只有一些警察守卫着他。他孤独地坐在轮椅上,独自面对城市和天空,仿佛人们不得不向太空展示——他还活着。

接下来,行进的路线向河边延伸,游行队伍沿着河岸前行,并在那里停留更长一段时间,因为莫诺迪克斯喜欢看水。伊隆记得,当他刚开始工作的时候,还能勉强行走的莫诺迪克斯常常起身走到岸边,河水冲刷了他的鞋尖。那时,他能够长时间站立,心无旁骛地看着水面上的灯光。他盯着风看,风好像正在做游戏,并不知道自己作为一种不可见的原因,却产生了波浪这个可见的结果。他曾说过(那时他还能说话),波浪的运动是智慧活动的榜样。总之,它应该意味着点什么。

现在莫诺迪克斯已经无法再从椅子上站起来了。他的头微微向一侧倾斜,伊隆甚至担心他会睡着了。白天睡觉可不是一个好兆头。也许莫诺体内的电解质正在发生某些变化——他有些担心,一种新的、不愉快的感觉在他的身体里蔓延,内心一种无声的恐惧越来越经常出现。

"雷控"总长也注意到了,莫诺迪克斯的头低了下来,于是下令队伍返回。游行队伍笨拙地改变了队形,轮椅掉头,抄近路返回治疗中心。他们穿过了久未使用的宫殿花园,园子里覆盖着红色的尘土,轮子在上面留下了两条直线。伊隆知道,他必须随时做好准备,尽管通常情况下只要给莫诺迪克斯输液,并让他安静一会儿就够了。无论如何,伊隆和阿尔多都站在了为各种情况准备好的按摩桌旁,精油瓶已经打开,他们随时准备做最大努力。最后肯定需要给他戴一段时间颈托,就像去年一样。一切都会好起来的。

莫诺迪克斯这种非人类的信任总会让他惊讶,这种信任是自发的,充满希望的,把自己的一切命运都交给人类,无论好坏。而人在这种完全的交付面前感到无奈,对自己的无所不能感到惊讶,却虚弱无力。伊隆有时会哭泣。这哭声听起来像咳嗽一样——他的机体因莫诺迪克斯赐予的信任而窒息,好像血管承受不了流淌在里面的温和的善良,不得不在突然的压力下破裂。

莫诺迪克斯的身体有着巨大的自我修复能力。他们,这些

"雷控"团队,只是陪伴了他的自我修复而已。这就是事实。

晚上,当伊隆终于回到家,在淋浴头下看着自己 42 岁的身体时,他尽量不将之与那具莫诺迪克斯的身体比较。他的身体实在是非常的"人类",绝对是一次性的。

秋分。"高贵者大选"

费丽帕的到来没有造成任何麻烦。这个女孩早上出去,晚上回来。他能在浴室里看到她的牙刷和廉价面霜。好几次回家时,她正在和奥蕾斯塔吃晚餐,这时他就会坐到她们身边,几乎吃光她们的所有生菜,他特别喜欢吃生菜。

"这是费丽帕做的。"奥蕾斯塔夸奖自己的朋友。

费丽帕话不多,只向他投去短暂而犀利的一瞥,钦佩中掺杂着怨恨。他完全不知道,这个因为奥蕾斯塔而成了他生活中的一部分的陌生女人在想些什么。而且他完全不确定他对她是一种什么样的感觉。她很少谈到自己的工作——最后他才知道,她在市立图书馆工作——她对自己的家庭生活只字不提。有一次,伊隆很小心地问了她的家庭,伊隆总是很小心。但是她垂下了眼睛,沉默良久。他想,这个话题可能就像莫诺迪克斯身体上的"无声区"——与其他部分分开,难以表达。从那以后,他就不再问这个了。

电视上不停播放着本地选择"高贵者"的抽签活动。那些有资格的人组成了一个几十人的小组,参加最后的总抽签——"运气大比拼"。这活动在九月底举行,所有的电视台进行转播。那会儿世界在夏季的酷暑之后凉爽下来,旋即迎来持续降雨。然后,在"权威日"这一天,也就是一年中第二次白天和黑夜时长相同的秋分日,人们在"高贵者"们中选出六个"高贵者",组成一个"西格玛"。西格玛的标志——类似于镰刀或钩子的古老字母——在 T 恤衫、贺卡、广告、杯子上随处可见。"高贵者"们的生平传记被人们反复诉说和讨论,而他们的面孔在两周后变得比各种名人面孔更易于识别。西格玛要立刻在接下来的三个月中远离人群,从而达到传统要求的理想的净化状态。

实际上,和两个女人共同生活,伊隆感觉甚好,浴室里有了化妆品的香味,厨房的桌子总是被擦得干干净净,总有食物放在冰箱里,屋子也因为她们的说话声而变得有生气起来。她们同他交谈,拿些面包、胃口、天气和计划等日常问题来烦他。晚上,当他从治疗中心回来的时候,心力交瘁,她们就叫他喝啤酒或喝茶。她们并排坐在他的对面,胳膊肘挨着胳膊肘,看着他的眼神中有几乎无法掩饰的好奇。他觉得,奥蕾斯塔过去的忧伤已经消失了，一种叛逆在她体内熊熊燃烧。现在，她更经常和他开玩笑，很放松，有时还会脸红。当她处于这种状态时，他喜欢看着她。他觉得他们之间的情感纽带将重新连接起来。他其实一直不愿让女儿看出来，他有多么在乎她。她们希望他说说那里面的情况，这世界最隐秘的机制是什么样的。女儿对此也感兴趣，这令他惊讶，然后他也感到高兴，觉得自己很重要。于是他给她们讲故事，然后她们还问了一些问题，每个问题都是："……这是真的吗？"

首先她们问了关于性别的问题。

伊隆属于那个需要保守秘密的团队，团队里的人都知道，说到莫诺迪克斯就会用"他"。当然这个"他"用得太多了，到处都用。其实应该有一个单独的词，一个特殊的代词来指代"他"，但是不知道为什么，这个词还没被想出来。可能是因为在语言中根本没有词语能用来称呼莫诺迪克斯，顶多可以在代词中使用大写字母或使用诸如"未来承载者"之类的词。这些词太过隐喻和分裂，已经没有什么意义了。没有任何词语可以支撑起他的存在这一奇迹。

坊间有个从未公开的传说，称每过八九十年莫诺迪克斯就会改变一次性别，但从没完全改变过，他的性征会随时间流逝而反复波动。伊隆是从父亲那里听说这件事的，不过父亲并未亲眼见到过,而是父亲的继父告诉他的,继父在五十年前是"雷控"总长。他的前任目睹了性别波动的过程,并告诉了他。那时,莫诺迪克斯是一个有点像女人的人,"有点像",因为人们仍然称呼他为"他",仿佛人类的思想不能接受用"我们的姐妹"替代"我们的兄弟"。伊隆看到过以前的绘画,那时莫诺迪克斯的身体还可以被描绘,被研究。在图画上他的性别通常被忽略。小道消息不断。现在,当伊隆天天看着莫诺迪克斯的身体——瘦削、饱受折磨、酸痛的身体,应该尽快恢复到良好状态的身体——有时一看就是几个小时的时候,他根本没有考虑过性别问题。莫诺迪克斯的与众不同之处显而易见,但却很难与任何其他事物进行比较。伊隆不喜欢这个话题。性别对他而言一直是个抽象的、多余的东西,肤浅、无关紧要的问题。特别是他有个女儿,如果有个儿子,他的想法可能会有所不同。他结束了女孩们对这个问题的讨论,但在她们眼中捕捉到了一丝失望。

"据说特别委员会确认他的死亡还不够,还要把他的大脑扫描图像寄到世界上最好的治疗中心,是真的吗?"费丽帕问。

"他的死亡是怎样的? 你们怎么知道他死了?"奥蕾斯塔接着问道。

他给她们仔细地讲了整个复杂的过程,希望借此抹去她们对他没有回答先前那个问题的失望。莫诺迪克斯的死亡要由

"雷控"总长和来自世界各地的专家委员会共同确认。他们向城市和天空宣布这一消息,然后关闭所有媒体。莫诺迪克斯会死40个小时。包括大脑在内的所有功能都停止了,甚至开始形成尸斑。这些斑痕之后会形成瘀伤并持续很长时间,而这对他——按摩师伊隆来说是一个特殊的挑战。然后——就像大家都知道的那样——在40到44个小时之后,莫诺迪克斯复活了。

当他说这些的时候,费丽帕不安地来回走动。

"当我还是个孩子的时候,我以为,这只是一种隐喻。我以为这并不会真的发生。"

他笑了起来,喝了一口啤酒。这酒有一股金属的味道,就像其他的一切东西。

"你见过他的回归吗?是什么样的?"

"你都在电视上看到了。"他回答。

其实每个人都从电视上看到了。在确认和宣布莫诺迪克斯的死亡之后,媒体会关闭36个小时。什么都不会发生。这叫作"伽勒涅",世界沉默了。人们待在家里,坐在黑暗之中,点燃蜡烛。所有人都不工作,所有车都不开。一切都关闭了。有人告诉他,很多人都发疯了,精神病医院全速运转。法律被暂停施用,许多人都利用这一点,就像没考虑过当"伽勒涅"结束之后,

当时所犯的任何罪行都将受到两倍严厉惩罚。人们做奇怪的
事情。喝酒。出轨。做些以后会后悔的决定。自杀数量直线上
升。这是一年一度的虚无,世界失去了原本的模样,所有生命都
静止了,必须全面更新才能继续。如果没有莫诺迪克斯,我们的
兄弟,一个更新世界的英雄,世界将变成一片虚空。在第 36 个
小时到来的时候,电视屏幕自动开启,摄像机展示唯一的镜
头——莫诺迪克斯的手。所有人都在紧张地等待着手指的移
动、颤抖和那最微小的动作。全世界都屏住了呼吸,尽管所有人
都知道将会发生什么。每个人都记得童年时的那几个小时,每
套房子里的屏幕上都显示着相同的图像——放在黑色寿布上
的苍白的手,手指很长。这是等待的时刻。孩子们感到无聊,不
理解为什么不可以玩耍,为什么不能倒挂在院子里的双杠上,
为什么不能玩棋盘游戏,哪怕是无辜又简单的井字游戏。父母
检查冰箱里的猪蹄冻是否足够硬,今年的酸黄瓜是否已经腌
好,它们很快就会被摆在盘子里,作为节日主菜前的开胃菜。人
们透过刚擦净的窗户,望着快速降临的冬日暮光,它给城市蒙
上了一层肮脏的橘色光影。他们从厨房走到房间里,将盘子放
在桌上。大家不停地看时间,整理自己的衣服。不开灯,只有屏
幕上黄蓝色的光在闪烁,于是人类的房子看起来就像处于闪着
荧光的海底。大家相信,谁第一个注意到电视屏幕上手指的移

动,或者几乎不明显的一点震颤,这个人在来年就会很幸运。

费丽帕不知从哪儿拿来一瓶红酒,倒入马克杯中,因为伊隆和奥蕾斯塔的家里没有红酒杯。伊隆放松了下来,解开了他的背心。费丽帕手托着下巴看着他,他把她的表情理解为一种仰慕。

"这一切都和电视里展示的一样吗?"她问。她其实是想问,莫诺迪克斯是不是先从手指开始复活,然后他心脏的跳动才回到天空?而且电视为什么不展示他的脸?

奥蕾斯塔补充道:

"我一直觉得,这一切表现得不够具有舞台感,没有奏乐,也没有灯光效果。"

他笑了。他从没有和家人一起度过这段时间。那时所有的"雷控"都在值班,一切准备就绪,大家就在治疗中心昏暗逼仄的房间里等着钟声响起,那声音听起来好像在宣布一场灾难到来。这时他们从原地跳起来,跑到自己的工位上。"大日子"又叫作"哀耐",一个古老语言的词语,意思是"我是"——对他们来说这景象看起来与现场直播不尽相同。无力的身体,伤口的痕迹,凹陷的眼睛和太阳穴,冰冷的皮肤和呼吸,这些都突然出现在这具死亡的躯壳上。手指颤抖,神经冲动,突然变稀并开始流动的血液恢复了活力。直播结束后,警笛声大作,走廊的灯光噼啪亮起,他们推着莫诺迪克斯的床冲到复苏室。当他的身体在灯火通明的走廊中被推着向前跑的时候,许多人跪了下来,将脸埋在手掌之中。其他人则低头站着,表达着人类的所有无助。的确,复活并不像奥蕾斯塔所希望的那样壮观。插满了人类的机器的莫诺迪克斯缓慢地,但毫不妥协地重生。生命首先以微小的脉动出现在大脑中,十几分钟后心脏开始跳动,先是零星的跳动,接下来又跳了几次,直到一个瞬间,它一次又一次清晰地跳动起来。晚上,所有的电视台都在播放这个节奏,没有别的,只有怦怦怦的、复活了的心跳声。这个时候,寂静降临整个世界,直到黎明,重生的世界迎来巨大的喜悦。

"尽管,"伊隆犹豫了一下,但他受到了巨大的蛊惑,要把这个秘密告诉某人,于是最终说了出来,"今年播出的心跳声是我们提前录好的。"

没等她们问"为什么",他又说道:

"因为他真实的心跳声太虚弱了,也不规律,没法用来直播。"

费丽帕又给他斟满酒。这酒他很喜欢,他好多年没喝过酒了。

"我已经仔细地看了二十四年,我再说一遍,这并不值得快乐,"他放松下来,"而且他的生命回归得很艰难。每年我都害怕这次会失败,他的生命会就此结束。可与此同时,我二十四次看到这确实发生了。你们那时是否也有种奇怪的感觉?也会起鸡皮疙瘩?我觉得每个人都会有这种感觉……而且世界上所有的人都会怀疑:如果这次不成功怎么办?这是个奇迹,它有权反复无常,并且可能不会再次发生。但是这次还是成功了。尽管没有人真的知道这是怎么发生的。"

他一定不适应这酒,喝过之后,他的心头涌上了一种难以言状的感动,眼中满含泪水。他被一种狂热的感情巨浪包裹,羞愧得深深地叹了口气。他撑在桌子上,想要站起身去睡觉,这时费丽帕意外地把手放在了他的手上,轻声地说:

"请留下来吧。"

他突然意识到事情有些不对劲。他感觉到这两个女人想从他这里得到些什么,他很快会知道那是什么,虽然他还没有准备好。他想要离开。

"我不该跟你们谈这些,这不是个好话题。这就是我们世界的秩序,不会再有其他的了。"

"也许有其他的呢。"费丽帕小声说。

他拿起桌子上的眼镜,站了起来。奥蕾斯塔站在他面前:

"伊隆,我们想把他还回去,让他回到他来的那个地方。"

伊隆不明白她在说什么。

"'我们'是什么意思?"

"冷静,"费丽帕说,"冷静点,伊隆,我们是一个小组织,一个团体……"

他渐渐明白,她在说什么。他的脸一下子涨得血红,他能感觉到,血液正涌到脸上。他的身体里正在酝酿一场想象中的战斗,各种想法在他的脑海里横冲直撞,他无法将它们整理出来。

"你们属于那些抗议的人群?"过了一会儿,他不无恶意地问。他只想到了这个。真讽刺。他感到被欺骗和背叛了。

"我们的行动是遵从理智和内心的。"费丽帕直勾勾地盯着他的眼睛。

伊隆隐约想起了奥蕾斯塔的小册子上红色的封皮。

"你蛊惑了她!"他喊道,抓住费丽帕的肩膀用力地摇晃。她像个娇小脆弱的娃娃,毫无抵抗力。椅子砰的一声倒了。"你利用我女儿来接近我,诱使我犯罪。"

"冷静点,伊隆。这不是犯罪,这是对一个人最普通的同情。"

他放开了她。"他不是人,他是比人更伟大的存在。这就是事情的秩序。"他愤怒得发抖,"整个世界都基于这个秩序。他是不朽的,他的死亡不是最终的,事实就是如此。没有他,这世界就会陷入混乱。以前就是这样,没人希望倒回到那样的时代。必须有人牺牲一些东西,才能换回平静的生活。"

　　站在他面前的费丽帕突然挺直身体,握紧了双手。那一刻,他觉得她有一种致命的危险性。噢,是的,这个人一直把自己伪装成一个完全不一样的人。

　　"你和其他所有人一样。你对世界,对活生生的人了解多少?你只是让被豢养的受害者处于良好状态,以便像你这样的人能以永恒的传统为名杀死他。你和他们一样是杀人凶手,尽管你认为自己正在拯救他。"

　　伊隆一巴掌打在费丽帕的脸上。奥蕾斯塔睁大了眼睛看着他。

　　"从这里滚出去!"他冲着费丽帕说,转过身背朝着她。过了一会儿,他听到门咣当一声关上了。

　　奥蕾斯塔跑回自己的房间,开始气呼呼地收拾行李。他透过没关紧的门,看到她在房间的中间站了一会儿,把费丽帕的红色衬衫紧紧地贴到脸上。他退了回来,感到羞愧,被深深地震动。

过　渡

　　他走到用冰箱贴固定在生了锈的冰箱上的日历前面,嚼着

干巴巴的三明治,看着两个表示年份的彩色螺旋。第一个螺旋
从黑暗的冬天的正中开始,那意味着莫诺回归世界的"大日
子"。从那时起,每一天顺着时间轴走到早春时分的"灰色日
子",这时莫诺迪克斯恢复了健康。然后,春分那天,"现身日"
到来,之后是被称为"秩序"的"瑟拉日",在春季蓬勃发展。那
是一个平衡与和平的时期,自然万物重现生机,树木被绿叶覆
盖。这样的日子一直持续到夏至的"和谐"之时。从夏至开始,
又是一个新的轮回,前面的所有节日再次循环往复,过去的一
切萎缩、变暗。初秋,人们在"权威日"那天举行"高贵者大选"。
这是一扇黑暗的大门,日子变成了棕褐色,仿佛时间被腐蚀,而
且永久性地生锈了。物质的统一被破坏,分解成了碎片、颗粒和
碎屑,最后被研磨成粉末。"过渡"和"静默",在古老的语言中
称为"伽勒涅",日历上的第二个圆圈中最黑暗的日子,如同暗
核和黑暗之穴。

　　那是冬天的正中。"过渡日"的前一天。很多年没有下雪
了,天气潮湿多风,乌云低低地压着屋顶,让人觉得屋顶上的天
线撕开了云的肚子,而云中掉出来的不是雪,而是锈。不过这是
一段满足的日子。在受伤的云朵下,人们正在进行各种准备。
城市的广场上竖起了大屏幕,被风刮得发出呼啦啦的声音。大

家在做最后的采购，虽然卖家很努力地补货了，但有些货架还是被扫荡一空。餐厅和酒吧里人满为患，因为这时候至少该喝上一顿。伊隆从一群醉醺醺的男人身旁走过，他们正坐在街边的高脚桌旁享用着啤酒，大说大笑。对话中最常见的话题是"高贵者"——他们从九月就开始为自己的角色做准备。今年没有名人当选。去年，他们中有一位知名演员，很多人嘲讽说，这种抽签早就内定了。但其实是机器从所有的40岁以上的男人中选出来的，只要这个人在这个星球上生活，声誉没有受过质疑，就可以参加抽签。所以，好运落在某位著名演员身上也很正常。从被选中开始，"高贵者"就要节食，并坚持进行一种特别的冥想。他们的脸出现在每个新闻节目中和每份报纸上。

经过商店时，他考虑了一会儿，是不是要进去。他今天必须好好吃一顿，禁食三天前一定要吃饱。人们杀猪宰羊，吃油腻的菜肴和很多鸡蛋。大家把冰箱和食品储藏柜中的所有食物都吃光，连蜂蜜罐子都被清空了。对于那些真正虔诚的人而言，"伽勒涅"的三天里冰箱必须空空如也，所以他们会将储备的食物放到地下室，或者放到那些不太虔诚的邻居家里去。

自从开始一个人生活，他就不在家做饭了，只靠治疗中心食堂提供的餐食过活。奥蕾斯塔离开后，他的冰箱就一直空着，好像他一直生活在充满期待的沉默中一样。冰箱里只有一罐芥末酱,因为时间太久已经变成了棕色。

回到家后,他立刻去洗澡。躺在因为生锈而泛红的水中,看着自己枯瘦、肿胀的膝盖从水面露出来。他有风湿,疼痛难忍。

一天前,他们与"雷控"总长一起视察了为"过渡日"做准备的地方。他们检查了石头,把它们从盒子里取出来。盒子里的每一块石头都洗净消毒,在里面存放一整年。它们看起来像黑煤块,有锋利的边缘,每个重量在 340 到 810 克之间。每当伊隆用手指拂过这些石头,都会感到虚弱无力。急救中心准备好了各种医疗设备,压力绷带、缝合线、针头和注射器,整套外科手术设备,高压灭菌器,一瓶瓶消毒液和抗生素,一盒盒药膏,输液架和玻璃瓶里的滴剂,一切均已就绪。"雷控"总长细致入微地检视每个细节。伊隆迈着僵硬的脚步,跟在他的后面,试着把所有东西都看成是博物馆的展品。

今天他说自己风湿病发作了,要早点回家。不过他必须尽快回去工作——明天就是"过渡日"了。他试着用某种办法让自己平静下来。洗澡总是使他安静,让膝盖放松一点。

这时有人敲门,没等邀请就走了进来。伊隆跳了起来——他确定是奥蕾斯塔回来了。他眼前浮现出女儿站在房间中央,闻着费丽帕洗得褪色的红 T 恤的样子。他眨了眨眼,想把这幅画面赶走。他不再感到生气或尴尬。一种很难摆脱的、越来越巨大的悲伤笼罩了他,他永远失去了她。他害怕这种悲伤会以某种方式传染到莫诺迪克斯身上。后者会感觉到,这悲伤如何顺着按摩师的指尖,导入他那神圣不朽的身体。他觉得这悲伤是一种疾病。

他站了起来,准备去拿浴巾,好出去见他的女儿。

然而他听到了陌生男人的声音,过了一会儿浴室的门开了。"雷控"总长站在门口,身后有几个护卫,他只和他们有过一面之缘。

"伊隆,他在哪儿?"

他不明白。他以为,他们在问奥蕾斯塔。

"穿上衣服。""雷控"总长站在那里看着伊隆的裸体,后者生气地裹着浴巾。

"好多年前我们就知道了,你私藏着一个'人体地图',现在我们来找它。"

伊隆不由自主地发抖。他的牙齿在打战,不是因为冷,也不是因为害怕。他听到卫兵满不在乎地走到门廊,听到工具箱掉了下来,然后是玻璃破碎的声音。伊隆往自己身上套衣服的时候,"雷控"总长的眼睛盯着天花板。

"我什么坏事也没做。"按摩师用颤抖的声音说道,"我只是在上面练习,令我的手指更精确。谁都不知道这件事儿。"

"我们知道。这就够了。"

"雷控"总长关上了门,站在吓坏了的伊隆面前。他们俩一样高,彼此看着对方的眼睛。伊隆觉得自己在他们身上看到了鄙夷,于是他低下了头。

"他不见了。"

伊隆没有立即反应过来。"雷控"总长脸色苍白得像纸一样。他稀疏的胡须看起来像一根根头发,被荒谬地收集在一起,然后乱七八糟地躺在皮肤上。他意识到,"雷控"总长在害怕。

"跟我们走。咱们必须假装什么事都没发生。"

卫兵用奥蕾斯塔床上的一条毯子把"人体地图"包起来,像抬地毯一样走楼梯把它抬到了街上。他们围成一堵人墙,掩护着"人体地图"上了一辆军车。第二辆车上坐着"雷控"总长和伊隆,他还在扣风衣的纽扣。街上空无一人,天空从西边渐渐变红。

"这是怎么回事?"伊隆问。

"这是一起计划周密的作案。他们坐电梯跑掉了。被收买了的卫兵也消失了。还有几个其他人。很遗憾,他们隐藏在我们最信任的人中间。我们得进行调查。""雷控"总长向空中吐了口气,没有看他。一股热流袭上头来,伊隆战栗起来,他的手在发抖。

"给他穿上莫诺迪克斯一样的衣服,橡胶是柔软的,和人的身体很像,比例也合适。找个人给这个木偶化最好的装。我马上过去,我们要播放去年的录像。"

伊隆明白了他们想干什么——伪造电视转播,欺骗上亿观众。

"但是……"他开始说话,并不知道自己要反对什么。这一切都让他觉得可怕。

他当然想到了奥蕾斯塔,他想,他再也见不到她了。他试图想象她现在所处的地方,但他所有的关注点和注意力都集中在了莫诺迪克斯身上——毕竟,他不了解任何其他的生活,三百年来他的世界就只是治疗中心的无菌诊室。毕竟,他需要吃药,必须吃特殊的食物,他那饱受摧残的身体需要进行药浴。他需要输液,验血。他感到一种恐慌般的绝望压迫着他的肺,但他深呼吸了一下,控制住了自己。

汽车从桥上驶过,那里的人们再次用黑色胶布封住口唇表达抗议。没有人注意到他们。而他们正在慢慢准备回家过节。他们将黑色手帕收进包里,卷起横幅。电视机惨白的光线从破旧的、愁闷的公租房窗户里透了出来。大家都在等待直播。这时"雷控"总长说:

"一切必须如常进行。'高贵者'向'人体地图'扔石块,就像以前对莫诺迪克斯做的那样。"

"然后呢？然后怎么办？"伊隆不敢相信他听到的一切。

"没什么。以后年年如此。而且我们一定会找到他，然后制裁那些恐怖分子。""雷控"总长带着一种在这位尊贵长者身上从未见过的愤怒说道。

当他们驶入治疗中心的院子里的时候，伊隆用颤抖的手指扣上了匆忙中披上的外套。他有种难受的感觉，似乎黑暗降临得比平常快。甚至通常会发光的治疗中心的窗户，现在也变得昏黄、暗淡，整个城市在黑暗中失去了轮廓。黑暗很快降临了，他觉得，这次不会再发生逆转。

诺贝尔文学奖授奖辞

尊敬的国王和王后陛下，尊敬的各位殿下，尊敬的诺贝尔奖得主们，女士们，先生们：

波兰文学在欧洲上空熠熠生辉——数次荣膺诺贝尔奖，如今，又出现了一位享誉全球、博识非凡、诗情与幽默并蓄的诗人。作为欧洲大陆的交会地——或许是心脏地带——波兰向奥尔加·托卡尔丘克展现了屡遭列强凌辱的受难历史，同时也暴露了自身的殖民主义和排犹主义历史。面对难以接受的真相，她没有退却，哪怕受到死亡的威胁。

她运用观照现实的新方法，糅合精深的写实与瞬间的虚幻，观察入微又纵情于神话，成为我们这个时代最具独创性的散文作家之一。她是位速写大师，捕捉那些在逃避日常生活的人。她写他人所不能写：世间那痛彻人心的陌生感。《云游》笔法变化多端，精彩地描写了人们来往中转大厅和宾馆的经历，与素昧平生者的相逢，还有大量来自字典、神话和文献的元素。她围绕着自然-文化、理性-疯狂、男人-女人的两极旋转，像短跑运动员一样跃过社会和文化虚构起来的边界。

她的文风——激荡且富有思想——流溢于其大约十五部的作品中。她笔下的村落是宇宙的中心，在那里，主人公独特的命运交织于寓言和神话的图景中。我们在他人的故事中生生死死，举例说，卡廷既是生养不息的森林，也是惨绝人寰的屠场。

"我写作是将意象诠释成文字。"从这些意象里衍生出毁灭性的历史和世俗的经历片段，构成了她的伟大作品《雅各布之书》，使其成为一部流浪汉小说以及展现1752年前后动荡时期的全景式作品。

这部作品是不同观念的历史，也是宗教的历史，是时间和玄学、迷信和疯狂的强烈结合。作品中沙龙、祷告会和人物如此生动鲜活，仿佛托卡尔丘克刚在街上与之相遇。她极尽笔墨描写乡间庄园、修道院和犹太人家的室内装饰，衣服、园艺、菜单应有尽有。特别是，她让默默无闻的女人成为活生生的个体，让悄然无踪的仆人发出自己的声音。

宗派领袖雅各布·弗兰克是位极富魅力的神秘主义者、操

纵者、骗子,也是反抗上帝的叛乱者。他挑战当前的秩序,尤其
质疑女性的屈服。他率领跟随者——弗兰克派众——想要打
造一个新世界。这也正是纳粹要消灭波兰的根本原因。乌托邦
是取代我们历史记忆的危险诱惑。然而,我们从未见过弥赛亚,
见到的只有伪造者和骗子。

这部作品中蕴含着托卡尔丘克对犹太传统的继承,透露出
她对欧洲知识无国界的期望。通过十八世纪的波兰,她看到了
可与后来时代的纳粹主义和其他主义类比的现象,甚至看到和
当前右翼民粹主义者一样的人,用她的话来说,这些人就像儿
童读物讲英雄和叛徒的故事那样说起一个国家的过去。但是,
她说:"没有历史,只有人的生存。"

《雅各布之书》讲述了非凡的故事。关于邪恶、上帝和未来
的重大问题交织在看似平淡的描写中,托卡尔丘克运用她感性
的想象力,反复打磨咖啡研磨器,使它成为时间的磨床、现实的
自转轴。后来人会重识奥尔加·托卡尔丘克的千页奇迹,去发
现其中我们当今尚未能全然探知的丰富宝藏。我看见阿尔弗
雷德·诺贝尔在天堂友好地点头称许。

托卡尔丘克女士,瑞典学院向您表示祝贺。请从国王陛下
手中接过您的诺贝尔文学奖。

(吕洪灵译)

温柔的讲述者

——在瑞典学院的诺贝尔文学奖受奖演讲

一

　　我有意识以来记住的第一张照片是我母亲的照片,那时的我还没有出生。那是张黑白照,上面的好多细节都模糊了,只剩下些灰色的形状。照片上的光很柔和,有些雨雾蒙蒙的感觉,可能是透过窗户的春日光线,在勉强可见的光亮中营造出一室宁静。妈妈坐在一台老旧的收音机旁,收音机上有个绿色的圆形开关和两个旋钮——一个用来调节音量,另一个用来搜索频道。这台收音机后来成了我的童年玩伴,我就是从那里获得了关于宇宙存在的最初认知。转动硬橡胶旋钮,就可以轻轻地拨动天线指针，找到好多个电台——华沙、伦敦、卢森堡或者巴黎。不过有时候声音会消失，就好像布拉格和纽约之间、莫斯科和马德里之间的天线掉进了黑洞。这时我就会颤抖。那时的我认为，是太阳系和其他星系在通过电台跟我说话，它们在那些吱吱啦啦的杂音中给我发来讯息，可我却不会解码。

那时，我还是个几岁的小姑娘，看着这张照片，我觉得妈妈拨动旋钮的时候就是在找我。她就像个敏感的雷达，在无穷无尽的宇宙空间里搜索，想要知道，我什么时候，从哪儿来到她的身边。从她的发型和穿着（大大的船形领）可以看出，照片是二十世纪六十年代初拍的。她微微驼着背，望向镜头之外，仿佛看到了一些看照片的人看不到的东西。那时，作为孩子的我觉得，她已超越了时间。照片上什么也没发生，拍摄的是状态而非过程。照片上的女人有点忧伤，若有所思，又有点不知所措。

后来我问起过妈妈这份忧伤——我问过好多次，就为了听到同样的答案——妈妈说，她的忧伤在于，我还没有出生，她就已经想念我了。"可是我都还没来到这个世界，你又怎么想念我呢？"我问妈妈。"那时候我就知道，你会想念你失去的人，也就是说，思念是由于失去。"

"但这也可能反过来。"妈妈说，"如果你想念某人，说明他已经来了。"

这些发生在二十世纪六十年代末波兰西部乡村的简短对话,我的妈妈和她的小女儿的对话,永远地印刻在了我的记忆中,给予我一生的力量。它使我的存在超越了凡俗的物质世界,超越了偶然,超越了因果联系,超越了概率定律。它让我的存在超越时间的限制,流连于甜蜜的永恒之中。通过孩童的感官我明白,这世上存在着比我想象的更多的"我"。甚至于,如果我说"我不存在",这句话里的第一个词也是"我在"——这世界上最重要,也是最奇怪的词语。

就这样,一个不信教的年轻女人,我的妈妈,给了我曾经被称为灵魂的东西——这世上最伟大的、温柔的讲述者。

二

世界是一张大布,我们每天将讯息、谈话、电影、书籍、奇闻、轶事放在一架架纺布机上,编织到这张布里。现如今,这些纺布机的工作范围十分广阔——互联网的普及让我们每个人都可以参与到这个过程中去,无论工作态度是否认真,对这份工作是爱还是恨,为善还是恶,为生还是死。当这个故事发生了改变,这个世界也随之改变。就此意义而言,世界是由言语组成的。

我们如何思考世界,以及也许更为重要的,我们如何讲述世界——有着巨大的意义。如果没有人讲述发生的事,那么这件事情就会消失、消亡。关于这一点,不仅历史学家清楚,而且(或许首先)所有的政治家和独裁者都清楚。有故事的人、写故事的人,统治着这个世界。

我们认为,今天的问题在于,我们不仅不会讲述未来,甚至不会讲述当今世界飞速变化着的每一个"现在"。我们语言匮乏,缺乏观点、比喻、神话和新的童话。我们见证着那些不合时宜的、老旧的叙述方式在如何试图进入未来世界,也许人们会认为,老的总比没有来得强,或者用这种方式应对自己视野的局限。一言以蔽之,我们缺乏讲述世界的崭新方式。

我们生活在一个多主角的第一人称叙述的现实之中,身边充斥着四面八方的杂音。我说的"第一人称",指的是一种叙事方式,创作者或多或少地只写自己,将故事置于一个以"我"为中心的狭小范围之中。我们把这种个人化的视角、这个"我"当作是最自然、最人性化、最真实的表达,哪怕这种表达放弃了更为宽广的视域。以这样的第一人称来讲故事,就好像在编织一种与众不同的花纹,独具一格。在这个时候我们觉得自己是独立自主的,对自己和自己的命运都无比清醒。但这也是在把"我"同"世界"对立起来,这种对立使得"我"被周遭世界边缘化。

　　我想，第一人称叙事是一种颇具特色的叙事方法，反映了个体成为世界的主观中心这一现代观念。很大程度上，西方文明建立于对"我"这个现实最重要的维度之一的发现。人在这里是主角，而人的观点被认为是最重要的。用第一人称写作故事是人类文明的最重要发现之一，充满着仪式感，令人信服。我们以"我"的眼光看世界，以"我"之名听世界，这样的叙事在读者和讲述者之间建立起联系，把讲述者放置在了一个独特的位置之上。

　　但是我们也不能过度评价第一人称叙事为文学和人类文明做出的贡献。以前的叙事将世界描述为一个英雄和神灵活动的场所，对此我们毫无影响力。而第一人称叙事讲述普通如我们的人的故事。此外，我们这样的人之间很容易相互认同，因此在故事的讲述者与读者或听众之间，便产生了基于共情的情感共识。第一人称叙事很容易拉近作为讲述者的"我"和读者的"我"之间的距离，而小说更寄希望于消除这种距离，让读者因为共情在某一段时间里成为讲述者。文学成了交换经验的园地，一个像罗马广场一样的地方，每个人都可以表达观点，或是让第二个"我"替我发声。人类历史上恐怕从未有过这么多人同时写作和讲述。这一点我们只要看看统计数据就够了。

每次去参观书展,我都能看到很多以第一人称写作的书。表达的本能——也许和其他构建着我们生活的本能一样强大——最完整地出现在了艺术之中。我们希望被关注,希望自己是独一无二的。"我告诉你我的故事""我告诉你我家的故事",抑或"我告诉你,我去过哪儿",这样的讲述方式在今天是最流行的文学形式。人们之所以热衷于这种叙述方式,还在于今天我们每个人都会书写,很多人掌握了写作这个曾经只是少数人用语言和故事表达自己的技能。矛盾之处在于,这看起来如同一个由众多演唱者组成的合唱团,彼此的歌声相互遮盖,大家争着求关注,做同样的动作,走类似的路,最后相互遮蔽。尽管我们知道他们的一切,对他们的经历感同身受。然而读者的体验却常常出人意料地不完整和令人失望,因为作者"我"的表达并不能保证尽显文字的普遍性。我们缺少的似乎是故事的隐喻维度。隐喻小说的主人公是他自己,一个生活在一定的历史或地理条件下的人,同时又远远超出了这个特定的范围,变成了无处不在的人。当读者阅读小说中描写的某个人的故事时,他可以认同这个人的命运,并将他的处境视为自己的处境。在隐喻小说中,读者必须完全放弃自己的个性,并成为这个人。这是一个对人的心理要求很高的过程。在这个过程中,隐喻小说找到了各种命运的共同点,使我们的体验普遍化。遗憾的是,当今的文学缺乏这种隐喻性,这恰恰证明了我们的无能为力。

许是为了不被湮没在题目和名字里,我们开始将如利维坦般庞大的文学划分为不同的体裁,就像我们区分体育项目一样,而作家们则是不同项目的运动员。

文学市场的商业化把文学分成了不同的门类,培育出了热爱侦探故事、奇幻文学、科幻小说的读者群体,由此产生了各种各样内容完全独立的书展、文学节。这种局面原本是为了方便书店店员和图书管理员有条不紊地摆放书架上的大量图书,便于读者从浩如烟海的书籍中找到自己感兴趣的作品,现在这却成了一种抽象的分类法。不仅现有的图书被人为地划分,作家也开始按照这种分类法写作。作品的类型化越来越像制作蛋糕的模具,产出的都是类似的产品。它们的可预见性为人称道,即使缺乏新意也被当作成功。读者知道他会读到什么,也的确会读到他想读的东西。我在潜意识里就反对这样的秩序,因为它限制了写作的自由,抑制了实验性的、打破常规的念头,而这些才是创作的本质。这种秩序还将离经叛道赶出了创作过程,但是一旦没有了离经叛道,就没有了艺术。一本好书,不是必须要与某种体裁相符合。对文学作品进行分类是文学商业化的后果,是将文学当成品牌、目标等当代资本主义市场化运作产物的结果。

应该感到满意的是,我们见证了系列电影这种新的讲述方式的诞生,它的隐藏任务就是将我们带入忘我之境。诚然,这种叙事方式早已存在于神话和荷马史诗当中,赫拉克勒斯、阿喀琉斯和奥德修斯毫无疑问就是最早的系列剧的主角。只是在以前,这种模式从未有过如此广大的空间,也未对集体想象产生过如此重要的影响。二十一世纪的前二十年是属于这种模式的。它对我们讲述世界、理解世界的方式产生了革命性的影响。

今天,系列故事不仅通过生发各种节奏、分支和角度,延长了叙事的时间轴,还构建了新的秩序。很多时候,系列故事的任务就是尽可能长时间地黏住读者——系列叙事会不断增加线索,把这些线索以一种不可思议的方式交织在一起,在陷入迷局之时又回归到古老的叙事方式,就好像古希腊歌剧中的"天降神兵"。设计接下来的剧集的时候,往往为了同正在发生的事件相符,需要临时改变人物的整个心理状态。一开始温和、冷淡的人物,最后会变得仇恨、暴戾,配角会成为主角,而我们密切关注的主角却不再重要或者干脆令人无比惊愕地消失了。

总是会有下一季,于是故事结局必须得是开放式的,读者永远没机会感受到神秘主义的"卡塔西斯"①,无法体会内心变

① 宗教术语,意为"净化"或"净化说"。

化、自我实现和参与小说情节所带来的满足感。复杂的、无尽的,"卡塔西斯"式的情绪"净化"所能带来的满足感不断被延迟,这样的观感令人上瘾和痴迷。这种"寓言连载"的方法很早以前在《天方夜谭》里就被使用过,现在又回到了系列作品的叙事之中,改变了我们的敏感度,带来了奇怪的心理反应,使我们脱离了自己的生活,痴迷于"追剧"带来的兴奋感。同时,系列作品进入了崭新广阔而又混乱的世界节奏之中,成为这个世界混乱的交流、不稳定性和流动性的一部分。这种叙事方式可能正在最具创造性地寻找今天新的艺术公式。从这个意义上讲,系列作品正在认真研究未来的叙事,使故事适应新的现实。

然而最重要的是,我们生活在一个信息相互冲突、排斥、针锋相对的世界之中。

我们的祖先认为,知识不仅会给人带来幸福、繁荣、健康和财富,而且会创造一个平等和公正的社会。他们认为世界缺乏的是知识带来的普遍智慧。十七世纪一位伟大的教育家扬·阿莫斯·考门斯基[①]创造了"泛智主义"这个概念,表示可能获得的全知和普遍知识,这种知识包括所有可能的认知。最重要

① 扬·阿莫斯·考门斯基(1592—1670),捷克教育家、哲学家和文学家,一生有二百余种著述,主要文学作品有《世界的迷宫和心灵的天国》等。

的是,这也是有关每个人都能获得知识的梦想。获取有关世界的信息是否会让大字不识的农民变成一个有意识地反思自己和世界的人?唾手可得的知识是否会使人们理智而富有智慧地生活?互联网的产生令我们觉得,这些想法似乎终于可以完全实现。我很赞同并且支持的维基百科在考门斯基以及很多同一流派的思想家看来,似乎就意味着人类梦想的实现——我们几乎在世界的任何地方创造并获取不断被补充、更新和可用的大量知识。

但是梦想成真常常使我们失望。我们发现自己无法承受如此巨大的信息量,它们并未经历从总结、概括、释放到区别、分割和封闭的过程,而是创造了许多彼此不相容甚至敌对的、令人反感的故事。

此外,互联网不假思考地遵从市场进程的影响,替垄断玩家控制着庞大的数据量。这些数据并未被广泛用于知识的获取,而是为研究用户行为的程序服务,剑桥分析公司(Cambridge Analytica)①丑闻就充分说明了这一点。

与期盼之中的世界和谐相反,我们听到的多是刺耳之声。

---

① 英国一家大数据分析公司。2018 年 3 月 17 日,《纽约时报》和《观察家报》等一齐爆出消息,该公司曾效力于特朗普总统竞选,并将大量用户隐私用于影响大选。这一丑闻使得该公司声名狼藉。

我们在难以忍受的杂音中拼命寻找那些最柔和的旋律，甚至是最微弱的节奏。莎士比亚的名言比以往任何时候都更符合这种尖锐的现实：互联网如痴人说梦，充满着喧哗与骚动。

政治学家的研究却与扬·阿莫斯·考门斯基的直觉背道而驰。考门斯基认为，政治家对世界的了解越广泛，就越会理性地做出审慎的决定。但是看起来事情并不是这么简单。知识可能是压倒性的，但它的复杂性和模糊性塑造出了各种各样的防御机制——从否认、压制逃脱到简化的、意识形态化的、党派化的思考原则。

假新闻和捏造事实等种类的文字提出了一个新的问题——什么是虚构。多次被欺骗、误导的读者正在慢慢获得一种特殊的、神经质的敏感特质。非虚构小说的巨大成功可能正是人们对这种虚构文学产生的疲劳反应。在今天如此巨大的信息混沌之中，非虚构文学在我们的头顶呐喊："我来告诉你们真相，只有真相。""我的故事源于事实！"

谎言成了大规模杀伤性武器，虚构小说因此失去了读者的信任，即使它仍然是一种原始的艺术工具。我经常遇到质疑我作品真实性的问题："您写的都是真的吗？"每当这个时候我都会觉得，这个问题本身就预示着文学的终结。

从读者的角度来看，这是一个无辜的问题，但作家听起来确实很可怕。我又该如何回答？我该怎么解释汉斯·卡斯托普①、安娜·卡列尼娜或维尼熊的本体论地位呢？

我认为读者的这种好奇心是文明的退化。它损害了我们多维度地(具体的、历史的、象征的、神话的)参与由一系列事件构成的生活的能力,参与被称为生活的事件链的能力。生活是由事件创造的,但只有当我们能够解读它们,尝试理解并赋予它们意义时,它们才会成为经验。事件是一种事实,经验却是一种难以言表的其他东西。是经验,而非事件,构成了我们生活的素材。经验是一种被解读并留存在记忆中的事实。它还意指我们心中的某种基础的、有意义的深层结构,我们可以在这种结构的基础上,扩展自己的生活并对此仔细研究。我相信,神话就发挥着这样的结构性作用。众所周知,神话从未发生过,但它总在发生着。今天,神话不仅存在于古代英雄的历险记中,还体现在现代的电影、游戏和文学作品之中。奥林匹斯山众神的生活被移至王朝之中,而主角们的英雄事迹则由劳拉·克劳馥②演绎。

在真假的尖锐对立之中,由文学创作讲述的我们经验的故

① 托马斯·曼长篇小说《魔山》中的主人公。
② 著名动作冒险类电子游戏《古墓丽影》系列及相关电影、漫画、小说中的人物。

事,具有其自身维度。我从不热衷于对虚构和非虚构进行简单划分,除非我们认为这种划分是口号性的。在浩如烟海的关于虚构小说的众多定义中,我最喜欢的是最古老的、亚里士多德的定义:虚构总是某种事实。

我也非常信服作家、散文家爱德华·摩根·福斯特对情节和报道的区分。他曾经写道,当我们说"丈夫死了,然后妻子死了"时,这是一种报道。当我们说"丈夫死了,然后妻子伤心而亡"时,这就是小说。每种情节化的处理都是我们从"接下来发生了什么"这个问题过渡到试图根据人类经验来理解"为什么会这样"。

文学开始于"为什么",即使我们习惯于不停地用"我不知道"回答这个问题。因此,文学提出了维基百科无法回答的问题,因为它不仅限于事实和事件,还直接涉及我们的经验。

但是,在其他叙事方式面前,小说和文学可能已经整体上变得相当边缘化了。影像、电影、摄影、虚拟现实和增强现实体验等新型直接传播体验的媒介,将成为可以替代传统阅读的一系列重要形式。阅读是一个非常复杂的心理感知过程。简单地说,首先,将最难以捉摸的内容概念化和口头化,转换为文字和符号,然后从语言"解码"回到经验。这需要一定的智能。最重要的是,它要求我们的关注和专注,而在当今这个注意力极度分散的世界中,这项技能变得越来越罕见。

在传递和分享自己的经验方面,人类走过了很长的路。起初人们依赖鲜活的文字和人类记忆进行口头表达,到古腾堡革命①时,故事通过写作广泛传播并得以编纂和永久保存。这一变化的最大成就在于,我们开始通过写作来认识思维,思想、类别或符号成为这一过程中的特定方式。如今,当无须借助印刷文字就可以直接传递经验的时候,我们明显面临着一场同样重大的革命。

当我们可以拍照并将这些照片上传到社交网站,或者发送给这世界上的每一个人的时候,我们就没有写旅行日记的需要了。当打电话变得容易,我们就不再写信了。如果能看电视连续剧,为什么还要读大部头的小说呢? 与其出去和朋友玩耍,不如自己玩游戏。看某人的自传? 没意义,因为我在"照片墙"(Instagram)上关注名人的生活,而且了解他们的一切。

二十世纪的我们还在担心电影电视的影响,而今天图像已非大敌。这已完全是另外一个维度的经验在直接影响着我们的感官。

---

① 指德国发明家约翰·古腾堡(1398—1468)发明的活字印刷术导致的媒体革命。

三

关于世界的讲述正面临着危机，我不想对此勾勒任何整体
看法。但我常常感到，这世界缺点什么东西。我们透过屏幕、通
过应用程序感知世界，尽管获得每个具体信息都不可思议地便
利，但这个过程变得虚幻、遥远、双重维度、难以描述。如今，人
们爱用"某人""某物""某处""某时"这样的表述，这其实比我
们绝对肯定地讲出具体观点更危险。哪怕我们说，地球是平的，
疫苗会杀人，气候变暖是胡扯，民主在很多国家并未受到威胁。
"某处"淹没了某些试图穿越大海的人。"某段时间"以来，"某
场"战争在"某处"发生着。在信息的洪流中，个别化的消息失
去原本的轮廓，消失在我们的记忆中，变得不再真实。

泛滥成灾的暴力、愚蠢、残酷和仇恨被各种"好消息"中和，
但它们无法掩盖一种难以形容的感觉：这个世界出了问题。这
种感觉曾经只属于神经质的诗人，如今却已成为人群中普遍存
在的一种不确定性和焦虑感。

文学是为数不多的使我们关注世界具体情形的领域之一，
因为从本质上讲，它始终是"心理的"。它重视人物的内在关系
和动机，揭示其他人以任何其他方式都无法获得的经历，激发
读者对其行为的心理学解读。只有文学才能使我们深入探知

另一个人的生活,理解他的观点,分享他的感受,体验他的命运。

讲述总是要围绕着意义进行。即使讲述没有明确地表达意义,甚至有些时候程式化地逃避对意义的探求而专注于形式和实验,有时候会进行形式上的反叛并寻找新的表达方式。哪怕当我们阅读那些最行为主义的、词句简洁的故事,我们也不能不问:"为什么会这样?""这是什么意思?""这有什么意义?""这会带来什么后果?"我们的思想可能会演变成一个故事,仿佛环绕着我们的数百万个刺激点被赋予了意义,即使在睡觉的时候也一直在不停地继续着我们的讲述。所以,讲述就是排列组合无穷无尽的信息,建立它们与过去、现在和未来的联系,发现它们的重复性,并将它们按因果分类。在这一过程中,理智和情感同时在工作。

讲述最早的发现之一就是命运,这一点不足为奇。命运虽然让我们觉得恐惧和不人性,但它将秩序和稳定带入现实。

四

女士们,先生们,照片上的女人,我的妈妈,在我出生前就想念我的人,几年后开始给我讲童话故事。

其中一个故事是汉斯·克里斯蒂安·安徒生写的。一个被扔到垃圾箱的茶壶抱怨自己受到了人类的残酷对待——只不过是壶把掉了,人们就把它给扔了。如果人类不是如此苛刻和追求完美,它就还能派上用场。接着其他一些坏掉了的物件挨个儿讲自己的故事,一个真正的史诗故事就这么诞生了。

我小时候听这个童话的时候,脸上沾着点心渣儿,眼睛里满是泪水,那时的我深信,每个物件都有自己的问题、感情,甚至与人类一样的社会生活。餐具柜中的盘子会相互交谈,抽屉里的刀叉是一个大家庭。动物是神秘、智慧和有自我意识的生物,精神的联系和深刻的相似性一直将我们与它们联结在一起。河流、森林、道路也有它们的存在——它们是有生命的,勾勒出我们生活空间的地图,为我们构建起一种归属感,一个神秘的空间。我们周遭的景观有生命,太阳、月亮和所有天体有生命。整个可见和不可见的世界都有生命。

我是从什么时候开始对此产生怀疑的? 我在生活中寻找着这样的一个时刻,只需一个单击,一切就变得不同,变得更细微,更简单。世界的浅吟低唱被城市的喧嚣、计算机的杂音、凌空而过的飞机的轰鸣,以及信息海洋中那令人厌烦的白色纸片给取代了。

一段时间以来,我们在生活中开始碎片化地看待世界,一切都是独立的,彼此之间隔着星系间的距离,而我们所生活的

现实更向我们证明了这一点：医生分专科治病，税收与清理我
们每天上班要走的路上的积雪无关，午餐和大农场无关，新衬
衫和亚洲的某个破烂工厂也没什么关联。一切都是彼此独立
的，毫无联系。

　　为了让我们接受这种现状，有了号码、身份标签、卡片、粗糙
的塑料标识，这些东西让我们不再注重整体，而只关注其中的
某个部分。

　　世界正在消亡，而我们甚至没有注意到这一点。我们没有
注意到，世界正在变成事物和事件的集合，一个死寂的空间，我
们孤独地、迷茫地在这个空间里行走，被别人的决定控制，被不
可理喻的命运以及历史和偶然的巨大力量禁锢。我们的灵性
在消失，或者变得肤浅和仪式化。或者，我们只是成为简单力量
的追随者——这些物理的、社会的、经济的力量让我们像僵尸
一样。在这样的世界里，我们确实是僵尸。这就是为什么我想
念那个茶壶所代表的世界。

五

　　我一生都对相互联系和影响的网络着迷，虽然我们常常意
识不到这种联系和影响，对它们的发现纯属偶然。这就好比我

在《云游》中写到的那些时间、地点和命运的惊人巧合,所有的桥段、插件、衔接和黏合。我着迷于对事实的反应和对秩序的探求。我相信,实际上,作家的思想在于合成,他们坚持收集所有碎屑信息,重新将其粘合成一个整体。

那么作家该如何写作,如何构建一个足够支撑星群般庞大世界的故事呢?

当然,我知道我们无法像过去那样,通过口口相传的神话、童话和传说讲述世界。今天的讲述必须是更加多维的、复杂的。我们对世界的了解显然更多,我们深知,看似遥不可及的事物之间有着惊人的联系。

让我们看看世界历史上的一个时刻。

这一天是 1492 年 8 月 3 日,一艘名为"圣玛丽亚"的小帆船在西班牙巴罗斯港的岸边格外显眼。帆船的掌舵人是克里斯托弗·哥伦布。阳光普照,水手在码头四周闲逛,港口工人将最后一批装着储备食物的箱子搬到船上。天气炎热,但从西部吹来的微风缓和了相互告别的家人们别离的伤感。海鸥在坡道上庄严地漫步,小心翼翼地追随着人类的行为。

我们现在穿越时光看到的这一刻,造成了后来五千六百万美洲原住民的死亡。那时这些原住民的总数接近六千万,占当时地球总人口的百分之十。欧洲人在不知不觉的情况下,带来了致命礼物——美洲原住民无法免疫的疾病和细菌。同时发生的还有残酷的奴役和杀戮。屠杀持续了很多年，造成了国家更迭。在那片曾经有豆类、玉米、土豆和西红柿生长的地方，在精心灌溉的耕地上，出现了野生植被。近六千万公顷的耕地随时间流逝变成了一片丛林。

植被生长和再生的过程吸收了大量的二氧化碳，削弱了温室效应，降低了地球的温度。

这是对欧洲小冰河时代出现的情况的一种科学解释。小冰河时代在十六世纪末造成了长期的气候变冷。

小冰河时代还改变了欧洲的经济。在接下来的几十年中，寒冷漫长的冬季、凉爽的夏天和大量降雨，降低了传统农业的生产率。西欧生产粮食自给自足的小型家庭农场效率低下，出现了饥荒，生产开始需要专业化发展。英国和荷兰受气候变冷的影响最大，农业无法成为经济的主要支柱，因此开始发展贸易和工业。暴风雨的威胁促使荷兰人抽干圩田，将湿地和浅海地区转变为陆地。鳕鱼生长的范围南移，这对斯堪的纳维亚半岛造成了灾难性的打击，对英国和荷兰却是有利的——它们开始发展为海洋和贸易大国。斯堪的纳维亚国家的降温尤为严重。同绿色格陵兰岛和冰岛的连接中断，严寒的冬季致使收成减少，造成了持续多年的饥荒和匮乏。因此，瑞典对其南边的地区垂涎三尺,开始了与波兰的战争(特别是自波罗的海成为冷海以来,军队越海而至变得容易),并参加了欧洲三十年战争。

科学家们试图更好地理解我们的现实,它是一个相互关联、紧密联系的影响网络。这不仅是著名的"蝴蝶效应",即认为如我们所知,在某个过程中,最初的微小变化,在未来会产生巨大且不可预测的结果,而现在这里还有无数的蝴蝶及其翅膀在扇动,从而形成穿越时空的强大生命波。

在我看来,"蝴蝶效应"的发现标志着一个时代的结束。在那个时代,人们坚定不移地相信自己的能力、控制力,对世界的掌控力。"蝴蝶效应"并没有消减人类作为建造者、征服者和发明者的力量,却令我们意识到,现实比我们任何时候想象的都要复杂。而人不过是这些过程的一小部分。

越来越多的证据表明,在全球范围内存在着独具个性的,甚至有时令人惊讶的关系。

我们所有人——我们和植物、动物、物体——都沉浸在受物理定律支配的一个空间里。这个共同空间有着自己的形状,物理定律在其中雕刻出不计其数的、不断相互参照的形式。我们的心血管系统类似于江河的流域系统,叶片结构类似于人类的通信系统,星系的运动类似于洗脸池中水流动的漩涡,社会的演进类似于细菌菌落的变化。这个系统在微观和宏观尺度上都展示出了无限的相似性。我们的话语、思维和创造力不是抽象的,与世界分离的东西,而是其不断转变过程在另一个层次的延续。

<h1 style="text-align:center">六</h1>

我一直在想,今天我们是否可能找到一个新型故事的基础,这个故事是普遍的、全面的、非排他性的,植根于自然,充满情境,同时易于理解。

是否有这样一种讲述出来的故事,能够跳脱“我”自己缺乏沟通的封闭性,揭示更大范围的现实并展现相互关系?能够使我们远离那些普遍存在的、显而易见的、“毫无创见的观点”的中心,并且能够从中心以外的角度来审视非中心的问题?

我很高兴文学出色地保留了所有怪诞、幻想、挑衅、滑稽和疯狂的权利。我梦想着高屋建瓴的观点和远远超出我们预期的广阔视野。我梦想着有一种语言,能够表达最模糊的直觉。我梦想着有一种隐喻,能够超越文化的差异。我梦想着有一种流派,能够变得宽阔且具有突破性,同时又得到读者的喜爱。我还梦想着一种新型的讲述者——“第四人称讲述者”。他当然不仅是搭建某种新的语法结构,而且是有能力使作品涵盖每个角色的视角,并且超越每个角色的视野,看到更多、看得更广,以至于能够忽略时间的存在。哦,是的,这样的讲述者是可能存在的。

大家是否想过,这位出色的讲述者,在《圣经》中大喊着"太初有道"的人是谁? 是谁写下了创世的故事、混乱与秩序分离的第一天? 是谁追寻宇宙诞生发展的过程? 谁了解上帝的思想,知道他的疑惑,坚定不移地在纸上写下"上帝承认这是好事"? 那个知道上帝在想什么的人,是谁呢?

抛开所有神学上的疑问,我们可以认为,这个神秘而敏感的讲述者是神奇而独特的。这是一个观点,可以从中看到一切。看到所有这些,就是承认现有事物相互关联成一个整体的最终事实,即使我们还不知道这些关系具体是什么。看到所有这些也意味着对世界的完全不同的责任,因为很明显,每个"这里"与"那里"的姿态是相关联的,在某处做出的决定会对另一个地方产生影响,意即区分"我的"和"你的"开始引起争议。

因此,我们应该诚实地讲故事,以便在读者的脑海中激发整体感觉和将片段整合为一个模块的能力,以及从事件的微小粒子中推导出整个星群的能力。我们应该讲这样的故事,明确表明所有人和所有事物都能够沉浸在一个共同的想象之中,随着星球的每一次旋转,我们的脑海中都会产生这样的思想。

文学就具有这种力量。我们必须能够感知并不复杂的文学分类,高雅的和低俗的,流行的和小众的,我们要有能力不费吹灰之力地划分作品类型。我们应该放弃"民族文学"一词,因为我们深知文学世界是一个跟一元宇宙一样的单一世界,一个人类经验统一的共同的心理现实,在这个现实中作者和读者通过创作和解读,发挥出同样重要的作用。

也许我们应该相信碎片,因为碎片创造了能够在许多维度上以更复杂的方式描述更多事物的星群。我们的故事可以以无限的方式相互参照,故事里的主人公们会进入彼此的故事之中,建立联系。

我想,我们需要重新定义今天我们用现实主义理解的东西,需要寻找一种能够使我们越过自我边界、穿透我们看世界的镜像的概念。如今,媒体、社交网络和直接的在线关系,满足了现实的需求。摆在我们面前的不可避免的也许是一些新的超现实主义和重新被布局的观点,这些观点不惧悖论,面朝简单的因果关系逆流而上。哦,是的,我们的现实已经变成了超现实。我也确信,许多故事都需要在新的科学理论的启发下,在新的知识环境中重写。但是不断探索神话和整个人类想象似乎同样重要。回归到神话的紧凑结构中,可能会在今天这种不确定性中带来某种稳定感。我相信神话,这是我们心理的基石,不容忽视(顶多有可能我们没意识到它的影响)。

也许很快就会出现一个天才,他将构建一个完全不同的、今天的我们难以想象的叙事,所有重要内容都被囊括其中。这种讲述方式肯定会改变我们,令我们放弃旧的观念,向新的观点敞开怀抱。这些观点一直存在于此,但我们曾经对它视而不见。

托马斯·曼在《浮士德博士》中描写了一位作曲家,他提出了一种能改变人类思维的全新的音乐类型。但是曼没有具体描写这种音乐是什么样的,他只是提出,这种音乐听起来是什么感觉。也许这就是艺术家所扮演的角色——预先体验一下可能存在的艺术,然后用这种方法让它变得可以想象。而可以想象到的,就是存在的第一阶段。

七

我写小说,但并不是凭空想象。写作时,我必须感受自己内心的一切。我必须让书中所有的生物和物体、人类的和非人类的、有生命的和无生命的一切事物,穿透我的内心。每一件事、每一个人,我都必须非常认真地仔细观察,并将其个性化、人格化。

这就是温柔的作用——温柔是人格化、共情以及不断发现相似之处的艺术。

创作一个故事是一场无止境的滋养,它赋予世界微小碎片以存在感。这些碎片是人类的经验,是我们经历过的生活,我们的记忆。温柔使有关的一切个性化,使这一切发出声音、获得存在的空间和时间并表达出来。是温柔,让那个茶壶开口说话。

温柔是爱的最谦逊的形式。是没有出现在经文或福音书中的爱。没有人对这份爱发誓,也没有人提及这份爱。这份爱没有徽标或者符号,不会导致犯罪或嫉妒。

当我们小心地凝视非"我"的另一个存在时,它就会在那里出现。

温柔是自发的、无私的,远远超出共情的同理心。它是有意识的,尽管也许是有点忧郁的对命运的分享。温柔是对另一个存在的深切关注,关注它的脆弱、独特和对痛苦及时间的无所抵抗。

温柔能捕捉到我们之间的纽带、相似性和同一性。这是一种观察世界的方式,在这种方式下,世界是鲜活的,人与人之间相互关联、合作且彼此依存。

文学正是建立在对自我之外每个他者的温柔与共情之上。

这是小说的基本心理机制。这种神奇的工具、最复杂的人际交流方式，使得我们的经验穿越时空，走向那些尚未出生的人。有一天他们会去阅读我们所写的内容，我们对自己和世界的讲述。

我不知道他们的生活会是怎样，他们会成为什么样的人。想到他们的时候，我常会感到羞愧和内疚。

今天，我们努力在气候和政治危机中找寻自己的位置，并试图通过拯救世界来与之抗衡。这危机并非毫无缘由。我们常常忘记，这不是什么运势抑或命运的安排，而是非常具体的经济、社会和世界观（包括宗教）的决定带来的结果。贪婪、不尊重自然、利己主义、缺乏想象力、无休止的竞争、责任感缺失，使世界处于可以被切割、利用和破坏的境地。

所以我相信，我必须讲述这样一个世界，这个世界在我们的眼中是一个鲜活的、完整的实体，而我们在它的眼中——是一个微小而强大的组成部分。

（李怡楠译）

OPOWIADANIA BIZARNE

Copyright © Olga Tokarczuk 2018

This edition arranged with Olga Tokarczuk c/o Rogers, Coleridge and White Ltd.

Through BIG APPLE AGENCY, INC., LABUAN, MALAYSIA.

Simplified Chinese edition copyright:

2020 ZHEJIANG LITERATURE AND ART PUBLISHING HOUSE

All rights reserved.

本书中文简体字版版权,浙江文艺出版社独家所有。

版权合同登记号:图字:11-2019-79号

托卡尔丘克受奖演讲合同登记号:图字:11-2020-159号

图书在版编目(CIP)数据

怪诞故事集/(波)奥尔加·托卡尔丘克著;李怡楠译.—杭州:
浙江文艺出版社,2020.5(2025.10重印)

ISBN 978-7-5339-6075-9

Ⅰ.①怪… Ⅱ.①奥…②李… Ⅲ.①小说集-波兰-现代
Ⅳ.①I513.45

中国版本图书馆 CIP 数据核字(2020)第 053051 号

统　　筹:曹元勇
策划编辑:李　灿
责任编辑:李　灿
封面设计:compus·汐和
责任印制:吴春娟

怪诞故事集

[波兰]奥尔加·托卡尔丘克　著

李怡楠　译

出版:浙江文艺出版社
地址:杭州市环城北路 177 号　邮编:310003
网址:www.zjwycbs.cn
经销:浙江省新华书店集团有限公司
印刷:杭州富春印务有限公司
开本:880 毫米×1230 毫米　1/32
字数:155 千字
印张:8.25
插页:1
版次:2020 年 5 月第 1 版
印次:2025 年 10 月第 11 次印刷
书号:ISBN 978-7-5339-6075-9
定价:45.00 元